여섯 번 퇴사와 일곱 번 입사를
통해 깨닳은 열정 페이 탈출법

과로사
할래?
퇴사
할래?

과로사
할래?
퇴사
할래?

2023년 8월 18일 처음 펴냄

지은이 우진우
그린이 치달
펴낸이 신명철
편집 윤정현
영업 박철환
관리 이춘보
디자인 최희윤
펴낸곳 (주)우리교육
등록 제 313-2001-52호
주소 03993 서울특별시 마포구 월드컵북로 6길 46
전화 02-3142-6770
팩스 02-6488-9615
홈페이지 www.urikyoyuk.modoo.at

ISBN 979-11-92665-23-8 03810

*본 도서는 카카오임팩트의 출간 지원금을 받아 만들어졌습니다.

여섯 번 퇴사와 일곱 번 입사를
통해 깨달은 열정 페이 탈출법

과로사 할래? 퇴사 할래?

우진우 지음
치달 그림

우리교육

울퉁불퉁하지만 사랑스러운 나의 20대에게

어쩌다 보니 여러 회사를 거치게 됐다. 현재 재직하는 회사는 무려 일곱 번째 회사다. 총 근무 기간이 3년 조금 넘는 초짜 직장인 주제에 다녀간 회사 목록이 심히 다양하다. 다소 웃기고 슬픈 일이다.

일곱 개의 회사명이 주르륵 나열된 경력란을 누구에게도 보이고 싶지 않아, 올해부터는 여러 사이트에 올려두었던 내 이력서를 전부 비공개로 바꿨다. 누군가가 내 지난 행보를 보고 '요즘 애들'스럽다고 말할 것 같았다. 더불어 '애 참 인내심 없다'고 평가할 것도 같았다. 요즘 애들처럼 군 건 맞으니 전자의 말을 듣는 건 상관없지만, 후자의 평가는 듣기 싫었다. 그건 좀 분했다. 나도 웬만하면 한 회사에 진득하게 머물고 싶었다. 백년해로하듯 장기근속하고 싶었다. 하지만 세상의 풍파가 나를 가만두지 않았다. 지금껏 겪어 본 여섯 번의 퇴사에 자발적인 퇴사만 있는 것은 아니다. 정규직 전환 실패로 인한 잦은 퇴사, 철야 작업을 견디지 못하고 택한 퇴사 등 다양한 유형과 사정이 있다.

그래서 대학 졸업 전후 일상이 그리 밝지만은 않다. 20대의 삶이라면 무릇 '푸른 청춘', '쾌활 발랄한 일상', 뭐 그런 이미지가 연상되는데 내 20대는 그러지 못했다. 방황의 연속이었고 음울한 나날이었다. 기뻤던 날은 정말이지 손에 꼽을 정도로만 있었던 것 같다. 학창 시절의 전유물이라고 여겼던 사춘기가 언제부터인가 다시 도래하기도 했다. 여러모로 괴로움 많은 시간이었다.

그때의 이야기를 구태여 끄집어내 글로 풀어내고자 한다. 솔직히 말해 이 경험담에는 특별한 게 없다. 여섯 번의 퇴사와 일곱 번의 입사로 인해 얻은 결과물이 별 대단치 않은 까닭이다. 그동안 나는 딱히 성장하지도, 성공을 거두지도 않았다. 유일하게 얻어낸 결과는 정리다. 여러 회사를 전전하며 흘려보낸 세월은 내가 확연하게 달라지기엔 부족한 시간이었지만 적어도 머릿속에 혼잡하게 떠돌아다니는 사고를 찬찬히 가늠하고 나열하기에는 충분한 시간이었다. 내가 어떤 부류의 인간인지, 또 내가 무엇을 좋아하고 싫어하는지 그리고 내가 인생을 어떻게 살아가기를 진정 소망하는지를 퇴사와 입사를 겪을 때마다 자문자답했다. 내 안의 무수한 생각과 마주하고 하나하나 결론을 내릴 수 있었다. 그 정리된 내용을 쓰고 싶을 뿐이다. 실은 예전부터 줄곧 쓰고 싶었다. 그래서 2020년에 브런치를 개설했고 생각나는 대로 글을 써서 올렸다. 다이어리 한구석에 낙서처럼 일기를 끼적이기도 했다. 하지만 거기까지였다. 어떻게 쓰고, 무슨 이야기로 채워야할지 구체적으로 알 수 없어서 더 진행하지 못했다.

결국, 머릿속에 빙빙 맴도는 지난 경험담을 자유 방임하기로 했다. (사실상 방치다.) 당분간은 바깥으로 꺼내지 않고 반려 기억처럼 소중히 데리고 살기로 했다. (언젠가는 써야지, 써야지 하며 뒷일로 미룬 것뿐이다.)

그렇게 지지부진하게 굴다가 20대 후반이 되었다. 슬슬 조바심이 났다. 서른이 되기 전 20대의 이야기를 쓰고 싶은데 이대로 가다간 늦을 것만 같았다.

20대의 이야기를 20대 때 써야 한다는 건 아무도 제창하지 않았고, 지키지도 않는 규칙이다. 그런데 나는 그 규칙을 마냥 따르고 싶었다. 왜냐하면 지금의 나는 10대 때의 내가 어색하게 느껴지기 때문이다. 그때의 감정들, 그토록 강렬했던 경험들이 언제부터인가 물에 탄 것처럼 희석되어 힘을 잃어 갔다. 분명 내가 겪은 상황인데 마치 남 일처럼 거리가 멀게 느껴졌다. 그 변화가 신경 쓰였다.

20대 중후반의 역사 또한 내 10대의 역사처럼 뒤안길로 사라질 수 있었다. 천방지축 어리둥절 빙글빙글 돌아가는 사회초년생의 일대기가 통째로 남 일이 될 수 있는 것이다! 훗날 그런 일도 있었냐며 대수롭지 않게 넘어가는 내 어른스러운 모습을 상상하는 것만으로도 머릿속에 적색등이 켜졌다. 이대로 순순히 잊어 가기에는 억울했다. 그래서 다시 컴퓨터 앞에 앉았다. 생각나는 대로 타자하기 시작했다. 무작정 지난날의 감정을 글에 쏟아부었다.

그러니까 이 에세이는 20대 내내 방황한 어느 직장인이 그 20대를 다 보내기 전에 그저 쓰고 싶다는 시답지 않은 이유로, 일곱 번째 회사에 정착한 지금에 이르러서야 지난날을 떠올려가며 적어 내린 이야기란 거다. 조금은 우습고, 조금은 짠하고, 조금은 (사실은 꽤 많이) 지질한 내용일지 모르겠다. 부디 너른 마음으로 한 인간의 울퉁불퉁한 궤적을 구경해 줬으면 한다.

차례

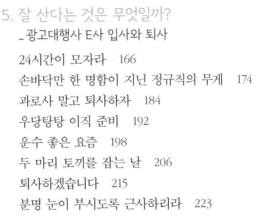

1.
사회를 향한 첫발

대기업 A사 입사와 퇴사

파견 계약직의 서러움

처음으로 다녀 본 회사는 대한민국 사람이라면 누구나 알 법한 대기업이었다. 그래서인지 회사 건물과 시설이 좋았다. 오락실, 휴게실, 라운지, 피트니스 센터 등이 건물 내에 다 있었다. 무엇보다 사내 식당이 무척 좋았다. 마음에 쏙 들었다. 한식부터 양식, 샐러드와 과일, 심지어 분식까지 골고루 먹을 수 있었다. 그런 곳이 내 첫 회사라니! 운이 좋다고 생각했다. 비록 내가 파견 계약직 신분일지라도 말이다.

그곳에 파견 계약직 디자이너로 일하게 된 계기는 대외 활동이었다. 해당 기업의 대학생 서포터즈였던 나는 활동을 수료할 무렵, 담당 직원에게 제안을 받았다. 대외활동 중 만든 내 콘텐츠가 상사의 눈에 들었는데 당분간 여기서 일할 생각이 있느냐고 말이다. 당시 나는 대학교 4학년이었다. 듣는 수업이 거의 없긴 했지만 졸업 전시를 앞둔 상황이었다. 그래서 졸업 작품 제작과 회사 업무를 병행하는 것이 과연 일정상 가능할까 걱정됐다. 하루 정도 고민하던 나는 결국 제안을 받아들였다. 바쁠지언정 졸업하기 전 미리 사회로 나가 일을 해 보면 좋을 것 같았다. 그렇게 나는 학교에 다니면서 동시에 대기업 A사에서 몇 개월간 근무하게 되었다.

내가 맡은 업무는 마케팅용 콘텐츠를 제작하는 일이었다. 영상 편집을 하는 경우가 가장 많았고, 그 외에 이벤트 페이지 디자인, 영상 촬영, 캐릭터 드로잉 등 자잘한 일들을 맡았다. 업무 내용은 재밌었다. 처음으로 상업적인 내용만을 담은 콘텐츠를 제작해 보았고 그런 경험은 생소하면서도 보람찼다. 얼마 전까지 평범한 대학생이었던 내가 단숨에 프로 디자이너로 데뷔한 듯했다.

하지만 이런 좋은 감정은 얼마 가지 못했다.

왜냐하면 첫 번째로, 내가 너무 바빴다. 졸업 작품 제작과 회사 출근을 같이 하는 건 미친 짓이었다. 출근하기 전과 퇴근한 이후의 시간을 최대한 알뜰살뜰하게 사용해야 했다. 회사에 있지 않은 시간에는 학교에 갔고, 작업실에 틀어박혔고, 졸업 작품을 만들었다. 시간이 흐를수록 피곤함에 찌들어 갔다.

두 번째 이유로는 파견 계약직이란 위치의 서러움 때문이었다. (사실 이 이유가 가장 크다.) 회사 내부 구성원을 갑을병정으로 나눈다면, 파견 계약직은 '정'에 위치할 것임이 분명하다고 단언할 만큼 근무하는 동안 각종 차별을 겪었다.

나도 안다. 정규직도, 계약직도, 하물며 인턴도 아닌 내가 서러움을 느낄 위치는 아니라는 것을. 다른 직원과 차등 대우가 으레 있을 수밖에 없으리라고 미리 각오까지 했다. 하지만 이 회사에 다닌 지 고작 몇 주 만에 내 각오는 무너졌다.

가장 먼저 느꼈던 차별은 장비를 지급하지 않는다는 것이었다. 캐릭터 드로잉 업무를 줬음에도 불구하고 회사에서는 태블릿을 빌려주지 않았다. 그 때문에 내가 집에서 따로 장비를 챙겨 와야 했다. 13인치 노트북과 13인치 액정 태블릿을 출퇴근길에 매번 들고 다닌다고 생각해 보시라. 은근히 고역이다.

그다음은 와이파이 비밀번호를 죽어도 알려 주지 않는 점이었다. 몇 번이나 팀장님에게 여쭤봤지만 근무 기간이 끝나는 날까지 알려 주지 않았다. 계속해서 내 개인 데이터를 사용할 수밖에 없었다. 물론 자리에 비치된 사내 컴퓨터를 사용하면 인터넷을 쓸 수 있었다. 하지만 그래픽 프로그램과 플러그인 설치 문제로 개인 노트북을 자주 사용해야 했다. 더군다나 업무 지시가 카카오톡으로 오는 까닭에 모바일 데이터를 상시 연결해 두어야 했다. 내 자리의 사내 컴퓨터에는 보안상 카카오톡을 사용하지 못하게 막아 두었다. 그렇다면 다른 임직원들은 어떻게 업무 소통을 하느냐고? A사 전용 메신저가 따로 있었고 그걸 주로 이용했다. 당연히 나는 그 메신저를 이용할 수 없었다.

마지막으로 느꼈던 차별에 대해 말하자면, 출입증 카드를 나한테만 주지 않았다는 점이다. 아침에 출근할 때마다 회사 1층 로비 직원에게 주민등록증을 보여 주며 임시 출입증 카드를 빌려야 했다. 저녁에 퇴근할 때는 카드를 반납해야 했다.

다소 귀찮은 과정이지만 매번 빌려야 하는 상황이 영 이해 안 되는 것은 아니다. 파견 계약직이 회사 소속이 아닌 외부인이니 그럴 만했다. '보안 체계가 그만큼 높구나.'라고 이해하려 들면 충분히 기분 나쁘지 않게 넘길 수 있는 문제였다.

그렇지만 임시 카드라 할지라도, 출입 기능은 다 들어 있어야 할 것이 아닌가. 임시 카드는 일반 사원증 카드와는 달랐다. 한계가 있었다. 오로지 내가 근무하는 15층과 로비가 있는 1층 만을 갈 수 있는 것이다. 심지어 비상계단 쪽으로는 아예 접근할 수도 없었다. 그 말인즉슨 사내 식당이나 다른 층 회의실을 마음대로 오고 갈 수 없다는 뜻이다. 늘 누군가가 계단 문을 열어 줄 때까지 혹은 엘리베이터 버튼을 눌러 줄 때까지 멀뚱히 그 앞에서 기다려야 했다.

도대체 무엇을 위해서 이런 비효율적인 시스템을 고수했던 걸까. 아무리 파견 계약직일지라도 사무실에 출근해서 일하는 근무 형태는 다른 직원들과 크게 다르지 않았다. 업무적인 불편함이 고작 직급이 다르다는 이유 하나만으로 비롯되었다는 사실이 A사를 다니는 내내 잘 이해되지 않았다. 별로 이해하고 싶지도 않았다.

　그래서 계약 기간을 연장하자는 팀장님의 제안도, 적어도 다음 인수자가 정해질 때까지 며칠 더 일해 달라는 사수님의 부탁도 단칼에 거절했다. 몇 개월에 걸쳐 겪은 불합리는 소소했지만, 바꾸어 말하면 사사건건 피곤했다. 처음으로 사회생활을 해 봤기에 유연하게 받아들일 줄 아는 그릇도 부족했으리라. 그리고 솔직히 말하자면 콧대가 높았다. 내가 왜 을도, 병도 아닌 '정'의 입장에서 일해야 하는지 근본적인 의문부터 들었다. 내가 본격적으로 취업 준비만 한다면 A사보다 뛰어난 회사에서 좋은 대우를 받을 수 있을 것 같았다. 은근히 차별받는 정이 아닌, 제법 잘 나가는 을을 꿈꾼 것이다.

　'공모전 수상도 많이 해 봤고, 대내외 활동도 몇 번 해 봤고, 학점도 높은 내가 왜 빌빌거려야 해? 내 가치를 너무 못 알아보는 거 아니야?'

　다소 재수 없는 소리지만 당시에는 진심으로 그리 생각했다. 그래서 계약 기간이 끝나자마자 조금의 미련도 두지 않고 바로 짐을 싸서 나갔다.

　이 경험이 내 첫 번째 회사 생활이자 첫 번째 퇴사다. A사 퇴사로 깨달은 건 이것이었다. 나는 두 가지 일을 동시에 할 수 없는 인간이라는 것. 그리고 불합리한 일을 무척이나 싫어하고 그걸 의연히 받아들일 만한 여유로움도 없다는 것.

다음부터는 파견 계약직은 절대 하지 말아야겠다고 다짐했다. 오직 정규직 디자이너 자리만이 목표였다. 설움을 전혀 느끼지 못할 위치에 올라서고 싶어졌다.

내게는 빛 좋은 개살구

사내 식당 ★★★★★

A사 전 직원이 이용하는 곳이니만큼 정말 공간이 넓고 쾌적했다. 지금도 A사 사내 식당에서 후식으로 먹었던 과일 디저트 맛이 떠오른다.

시설 ★★★★★

휴식 공간이 있던 1층 홀이 정말 좋았다. 그리고 A사 건물 곳곳에 설치된 폰부스도 좋았다. 한 사람만 들어갈 수 있는 그 좁은 공간에 서면 왠지 모를 안락함을 느낄 수 있었다. 그래서 전화할 일도 없으면서 괜히 몇 번 폰부스에 들락날락했다.

복지 ★★

정규직은 당연히 좋았겠지만 나는 해당 사항이 없었다.

장비 ★

위의 사유와 같다.

사내 분위기 ★★

이것도 마찬가지다. 정규직은 당연히 분위기가 좋았을 것이다. 그들만의 리그에 끝까지 끼지 못했으므로 별점 두 개를 주었다. 내 앞에서 회사 임직원들이 다른 파견 계약직 직원에 대해 열렬히 욕하던 순간을, 그리고 어차피 그런 위치의 애들은 자르면 그만이라고 팀장님이 말을 덧붙였던 순간을 잊을 수 없다. 팀장님은 뒤늦게 "자기한테 하는 말은 아니야."라며 잠자코 있던 내게 말했지만, 그다지 기쁘지 않았다.

소속이 없다는 불안과의 싸움

'공모전 수상도 많이 해 봤고, 대내외 활동도 몇 번 해 봤고, 학점도 높은 내가 왜 빌빌거려야 해? 내 가치를 너무 못 알아보는 거 아니야?'

이 재수 없는 믿음은 얼마 가지 못하고 고꾸라졌다. 내가 생각을 고쳐먹게 된 시점을 정확히 말하자면 상반기 중순, 서류 탈락의 고배를 연이어 마시고 나서부터였다.

내가 왜 빌빌거려야 하느냐고? 빌빌거려야 하는 실력이니까! 내 가치를 못 알아보는 거 아니냐고? 알아봐 주길 바라기에는 너무나도 잘난 인재가 이 대한민국 좁은 땅덩어리에 많이 있으니까! 면접장에서 신입 같지 않은 지원자를 만나고 온 날에는 풀이 팍 죽곤 했다. 수십 개의 지원서를 넣고, 인·적성을 보러 다니고, 실기 시험을 여러 번 쳤음에도 최종 면접까지 가는 경우가 상반기 동안 한 번도 없었다. 전부 떨어진 것이다. 충격이 컸다. 이대로라면 백수행 결정이었다.

'내가 백수라니. 인사팀 양반…… 아니, 인사담당자님, 그게 대체 무슨 소리인가요?!'

나는 어느 드라마의 인물처럼 절규했다. 하반기에 들어서면서 더 이상 정규직 자리에 집착하지 않게 됐다. 단기 계약직이나 인턴, 심지어 정규직 전환형이 아닌 체험형 인턴 자리에도 지원서를 내밀기 시작했다. 그렇지만 안타깝게도 상황이 달라지지는 않았다. 배가 부를 정도로 매주 탈락의 고배를 마셨다.

졸업 후에도 취직을 못 하면 어쩌지, 고민이 많았다. 가뜩이나 재학 도중 휴학한 적이 있어서 나이가 마냥 어리지도 않았다. 시간을 조금이라도 허비하고 싶지 않아서 학문에 큰 뜻이 없음에도 대학원에 지원했다. 뭐라도 해야 한다는 압박감이 컸다.

H대, K대, 그리고 우리 학교. 총 세 학교의 디자인 석사 전형에 지원서를 접수했다. 그중 가장 가고 싶었던 H대에 붙어 그곳에 가기로 했다. 적을 둘 곳이 생겨 마음이 다소 편안해졌으나 그렇다고 해서 취업 준비를 완전히 멈추지는 않았다. 연말까지 입사 시험과 면접을 계속 보고 다녔다. '설마 되겠나.' 싶으면서도 '혹시 될 수도 있어.'라는 마음으로 끝까지 그리고 간절하게 취업 준비에 임했다.

그런 나날을 보내다 보니 어느덧 새해가 밝았다. 나는 한 살을 더 먹었고 하반기 공채는 끝이 났다. 채용 공고가 더는 뜨지 않았다. 면접 결과를 기다리는 곳이 얼마 남지 않았으므로 대학원행은 기정사실화된 느낌이었다. 나는 진학 준비를 시작했다. 안내된 기간에 따라 대학교 때보다 훨씬 비싼, 약 두 배가량 높은 등록금을 H 대학원에 입금했다. 그랬더니 학번이 주어지고 학과 사무실에서 연락이 왔다. 지도교수님을 정하고 수강 신청을 마쳤다. 이제 등교만 하면 됐다.

대학교 졸업식과 대학원 입학식을 곧 앞둔 2월의 어느 날이었다. 봄을 향해가고 있지만 아직은 날씨가 겨울에 머무른 탓에 거리 곳곳에 녹지 않은 눈이 쌓여 있었다. 뽀드득, 눈을 밟으며 대학교 근처의 거리를 산책 삼아 걸을 때였다. 주머니에서 진동이 울렸다. 화면을 켜니 문자 하나가 와 있었다.

축하드립니다.

첫 줄을 읽자마자 알아차렸다. 붙었구나. 드디어 붙은 거야. 쿵쾅거리는 심장의 고동을 느끼며 스크롤을 내렸다.

B사 인턴십에 최종 합격하셨습니다.
자세한 내용은 메일을 참고해 주시길 바랍니다.

취업 준비 생활 1년 끝에 얻은 쾌거였다. '최종 합격', 그 단어가 내게도 오기를 그간 얼마나 학수고대했던가. 감격에 겨워 꺅꺅, 길 한복판에서 소리를 질렀다. 그러던 도중 전화벨이 울렸다. 내가 붙은 회사, B사로부터 온 연락이었다. 나는 전화를 건 상대가 눈앞에 있지도 않은데, 통화하는 동안 귀에 휴대전화를 꼿꼿이 붙인 채 허리와 고개를 연신 숙여 댔다. 감사하다는 인사를 전하는 내 목소리는 떨리고 있었다. 전화를 끊고 나서는 눈물까지 찔끔 흘렸다.

내가 합격한 곳은 광고대행사 B사였다. 그리고 내가 지원한 직무는 광고 비주얼을 다루는 아트디렉터였다.

솔직히 시인하자면 광고는 잘 알지 못했다. 흥미와 관심만 있을 뿐, 전문성이 부족했다. 디자인과 출신이긴 하나 세부 전공은 광고 쪽이 아니었다. 그래서 관련 수업을 들은 적도, 제대로 배워 본 적도 없었다. 대학생 때 친구들과 함께 서너 번 참가했던 광고 공모전 경험이나 A사에서 근무하며 슬쩍 건드려 봤던 마케팅 업무 경험이 내가 가진 전문성 전부였다. 더군다나 합격한 자리가 정규직이 아닌 체험형 인턴 자리였다. 그 때문에 계약 기간인 6개월이 끝난 뒤 다시 취업준비생 신분으로 돌아와야 했다. 하지만 합격 통보를 받은 순간만큼은 현실을 잊고 마음껏 기뻐했다.

그로부터 일주일 뒤, 나는 H 대학원을 자퇴했다. A사 때의 교훈을 바탕 삼아서였다. 나는 두 가지 일을 동시에 할 만큼 능숙한 인간이 아니란 걸 알았고 둘 중 하나를 선택해야 했다면 B사였다. 인턴 업무에 집중하고 싶었다.

올봄부터 B사에 출근하라는 연락을 받았다. 첫 출근까지 2주가량 여유가 있었다. 그동안 B사에 대해 더 많이 알고 싶

어 조사 겸 공부를 했다. B사의 이야기가 실린 뉴스를 훑어 보고, B사의 직원이 썼다는 책도 사서 읽어 보고, 잡플래닛*에 들어가 B사를 검색해 보기도 했다. 대체로 평이 좋았다. 복지도 좋고, 사내 분위기도 좋고, 배울 점도 많다고 적혀 있었다. 잡플래닛의 어떤 후기에는 광고업계에서 순위권에 드는 회사라고, 그래서 누구나 가고 싶어 하는 대행사라고 쓰여 있었다. 읽으면서 괜스레 내 어깨가 으쓱했다.

이 정도면 사회초년생으로서 꽤 성공적인 시작은 아닐까?

(비록 광고와는 무관하지만) 지금까지의 노력을 면접관들이 요령껏 알아준 것만 같았다. 나를 온전히 인정해 준 기분이었다. 생각보다 내 능력이 괜찮구나 싶어 자신감도 생겼다.

모든 건 다 좋아 보였다. B사에 출근한 지 얼마 안 되었을 때까지만 말이다. 인턴 생활을 3개월 정도 보낸 즈음이었을까. 퇴근길 지하철에서 그만 나는 눈물을 펑펑 쏟아내고 말았다. 애처럼 흐느끼는 나를 사람들이 흘끔댔다. 눈치가 보였고 창피했다. B사의 직원이 여기에 있을지도 모르겠단 생각이 찰나 스쳤다. 그렇지만 나는 집에 도착한 순간까지도 울음을 멈추지 못했다. 입사 전에 가졌던 설렘은 사그라진 지 이미 오래였다. 슬프게도 환상은 금방 깨지는 법이다.

---

* 전·현 직원이 작성하는 기업 평점 사이트.

2.
3개월 만에 깨져 버린 환상

광고대행사 B사 입사와 퇴사

쓸모를 증명하지 못한 채 쫓겨나다

    광고대행사 B사의 인턴 제도는 조금 특이했다. 계약 기간인 6개월 동안 한 팀에만 소속되는 것이 아니라 다수의 팀에 소속되는 형식이었다. 그런 제도가 있는 건 인턴에게 최대한 다양한 업무 경험을 주기 위함이라고, 입사 날 인사팀으로부터 설명을 들었지만 실상은 B사의 많은 팀에 인력이 부족한 탓이었다. 조금이라도 그 부족함을 채울 수 있도록 인턴이 돌아다니며 근무하는 것이다. 만일 손이 부족한 팀이 네 팀 있다면, 인턴은 그 네 팀에 차례대로 투입되는 식이었다.

    나는 총 세 개의 팀에 투입될 예정이었다. 각 팀에서 2개월씩 일하면 된다고 인사팀 직원이 사전에 말해 주었다. 2개월씩이라면 그리 길지 않은 기간이었다. 내가 업무에 익숙해지고 내 무언가를 팀 사람들에게 보여 주기에는 다소 짧았다. 그래서 인사팀에게 이야기를 듣는 순간부터 각오를 다졌다. 빠른 기간 내에 역량을 끌어내 선보이겠다고 말이다. 그런 마음가짐으로 제작 1팀에 발을 들였다. 하지만 싱겁게 바로 다른 팀인 2팀으로 소속을 옮기게 되었다. 1팀의 일정이 급격히 여유로워져 내가 도울 일이 딱히 없었던 까닭이다. 이런 팀 이동이 당혹스럽긴 해도 나쁘지만은 않았다. 나도 할 일 없이 가만히 앉아 있는 것보다는 일하는 게 훨씬 나았으니까.

그렇게 바로 소속을 옮기게 된 제작 2팀에는 크리에이티브 디렉터인 '철' 팀장님, 아트디렉터인 '금' 부장님, 그리고 카피라이터인 '은' 대리님, 이렇게 총 세 직무의 구성원들이 있었다. (인원수와 직급의 차이만 있을 뿐, 다른 제작팀도 대체로 이 세 직무의 구성원으로 이뤄져 있다.)

간략하게 직무에 관해 설명하자면 크리에이티브 디렉터는 광고 제작팀의 최고 책임자를 의미한다. (호칭으로는 팀장님 혹은 시디님이 있다.) 아트디렉터는 광고 시각 담당자, 카피라이터는 광고 문구 담당자다. 때마침 2팀은 얼마 전 큰 프로젝트를 수주했기에 일정이 급격히 바빠진 상황이었다. 1팀과는 다르게 이것저것 잡일을 할 인턴이 필요했다.

2팀 사람들과 처음 만나 인사하던 날을 기억한다. 철 팀장님은 첫 대면에서 대뜸 내게 귀엽다는 칭찬을 건넸다. 나는 어색한 미소를 지으며 애꿎은 뒷머리만 쓰다듬었다. 생전 처음 들어 본 소리에 뭐라 대답해야 할지 몰랐다. 그는 어색해 죽으려는 나를 빤히 쳐다보다가 말을 또 걸었다.

"너 낯 좀 가리는구나?"

의외라는 듯 물었지만 별로 탓하는 말투는 아니었다. 그런데도 어쩐지 나는 내 부족한 사교성이 전부 까발려진 듯해

부끄러움이 밀려왔다. 허둥대며 대답했다.

"아아, 네. 제가 좀 그래요……."

철 팀장님은 벌게졌을 게 뻔한 내 얼굴을 계속 응시하며 어깨를 툭툭 쳤다.

"편하게 대해도 돼. 나 안 무서운 사람이야."

그 말에 나는 긴장을 조금 내려놓을 수 있었다. 철 팀장님의 말대로 그는 무서워 보이지 않았다. 말투는 나긋나긋했고 웃음은 많았다. 그는 대화 도중 자주 호탕한 웃음소리를 내곤 했다. 언젠가는 저 귀엽다는 소리에 '저도 알아요. 제가 귀여운 거.'라고 뻔뻔하게 응수할 만큼 철 팀장님이 편해지는 날이 오기를 소망했다. 그러나 그 소망을 끝까지 이루지 못했다.

2팀에서 근무한 지 일주일 정도 흘렀을 때였다. 한 대형 브랜드의 경쟁 PT*가 새로 들어왔다.

본격적인 광고 시안을 작업하기 전에 아이데이션 회의**가 먼저 필요했다. 광고의 토대가 만들어지는 이 회의는 제작팀에 있어 가장 중요한 과정이다. 2팀 구성원 모두가 각자 아이디어를 짜와 이를 회의 때 발표해야 했다. 인턴도 예외는 아니어서 나도 참여하기로 했다.

며칠간 고심해서 광고 아이디어를 짰고, 설명하기 좋도록 A

---

* 경쟁 프레젠테이션의 줄임말. 광고 수주를 위해 여러 대행사가 광고주의 미션을 해결할 광고 기획안을 작성하고 발표한다. 심사 끝에 보통 대행사 한 곳이 선정된다.
** 아이디어를 얻기 위하여 행하는 과정.

안, B안, C안, 안별로 정리해서 문서화했다. 이를 1차 아이데이션 회의 시간에 맞춰 TV 화면에 띄웠다. 팀 사람들이 회의실에 다 모이자 바로 발표를 시작했다. 그런데 어째 PPT 페이지를 넘기면 넘길수록 회의실 분위기가 싸늘해지기만 했다. 금 부장님은 무표정했고, 은 대리님은 아예 발표 화면을 쳐다보지도 않았다. 설명을 이어 나가면서도 계속 말하는 게 맞나 싶어졌다. 무언가가 잘못되어 가고 있음을 직감했다.

'계속해? 아니면 말아?'

초조함은 불안을 동반했고 더 나아가 몸을 떨게 했다. 어느새 목소리도 누가 목젖을 친 것처럼 달달 떨리고 있었다. 애달픈 염소가 다 되었지만, 발표를 멈출 수는 없었다. 태연한 척하며 C안의 내용이 담긴 페이지로 넘긴 순간이었다. 철 팀장님이 발표 내내 굳게 다물던 입을 열었다.

"그만."

"네?"

"너 이제 그만 말해. 듣기 싫어."

"……."

어디에도 눈 둘 곳을 못 찾고 입술만 달싹였다. 철 팀장님은 내가 그러든 말든, 거침없이 다음 말을 꺼냈다.

"우리 다 바쁜 사람이야. 근데 굳이 시간 내서, 네 그 쓸데없는 이야기를 계속 들어야겠니?"

미흡한 면이 있으리라 짐작은 했다. 하지만 이 정도로 격렬

한 반응이 나오리라 예상치 못 했다. 나는 거의 기어들어 가는 목소리로 힘겹게 답했다.

"아니요……."

심장이 미친 듯이 쿵쿵 뛰고, 이마에서는 식은땀이 송골송골 맺혔다. 도망치고 싶다는 생각마저 들었다. 철 팀장님은 한숨을 내쉬더니 손을 크게 내저었다. 진심으로 질린다는 기색이었다. 그렇게 며칠간 준비했던 내 발표는 몇 분을 못 가 허무하게 끝나 버렸다. 나는 황급히 TV에 연결해 둔 노트북 잭을 뽑아 다음 발표자인 대리님에게 넘겼다.

그날 일이 있고 나서부터 내 인턴 생활은 차차 꼬이기 시작했다. 철 팀장님은 내가 무슨 말을 하든 심드렁했고 지겨워했다. 내가 낸 아이디어가 최악이자 시간 낭비라는 평가는 비단 저번 경쟁 PT 건에만 국한된 게 아닌 탓이었다. 다른 건의 회의에서도 내 발표는 도중에 중단되었다. 그는 10분 남짓한 내 발표를 조금도 듣기 싫어했다. 어느 순간부터 나는 회의 시간에 최대한 말을 아끼게 되었다. 그런 소심한 태도 또한 철 팀장님의 심기를 거슬리게 했던 모양이다. 그는 입을 꾹 다물고 있는 내게 종종 이런 말을 던졌다.

"의견 좀 내. 너 인턴 아니야?"

그래서 겨우 아이디어를 쥐어짜 첨언하면 예상했던 대로 싸늘한 반응이 돌아왔다.

광고에 대해, 인턴일지라도 아트디렉터인 이상 응당 해내야

할 역할에 대해서, 특히나 광고 회사의 시스템에 대하여 아무것도 모르는 내 무지가 가장 큰 문제였다. 철 팀장님의 말대로 그들은 바빴다. 무식한 인턴 한 명을 찬찬히 가르칠 만한 여유 따위 없었다. 그들은 인턴에게 뭘 모르면 적어도 아이디어 콘셉트라도 참신하기를 바랐지만 한평생 진부한 사상만을 안고 산 내 머리통으로는 어디선가 본 법한 아이디어를 내놓는 게 최선이자 전부였다.

게다가 아무래도 나란 인간은 제작 2팀, 아니 B사 직원들과 전반적으로 상성이 잘 맞지 않았던 것 같다. 성격에서부터 마인드까지, 모조리 정반대였다. B사 직원들은 대체로 쾌활했고 나는 얌전했다. 그들은 수다스러웠으나 나는 조용했다. 그들은 지극히 외향적이었고 나는 지극히 내향적이었다. 그들은 모든 일에 빠릿빠릿했지만 나는 좀 굼떴다. (아, 이건 모든 회사에서도 싫어할 차이점이겠구나. 뭐, 어쨌든.)

이런저런 다양한 이유로 어느새 나는 2팀에서 미운털이 제대로 박혔다. 만약 '미운 인턴 새끼'라는 오디션 프로그램이 있고 최악의 인턴이 우승하는 게 그 프로그램의 규칙이라면 내가 압도적으로 일등을 하고도 남았으리라.

2팀의 철 팀장님이 얼마나 나를 탐탁지 않아 했는지 단적으로 보여 주는 일화가 있다. 사무실에서 철 팀장님과 대화를 나눌 때였다. 나는 그의 말을 꼼꼼히 메모하고 있었다. 미숙하니 정리라도 잘해야겠다는 생각에서 비롯된 행동이었다.

그는 한창 업무에 관해 논하다가 도중에 말을 멈췄다. 정수리에 내리꽂는 시선이 느껴져 나는 끼적이던 펜을 멈추고 고개를 들어 올렸다. 그는 인상을 살짝 찌푸리고 있었다.

"메모하지 말고 내 이야기 좀 들어!"

철 팀장님은 목소리를 높이며 내가 쥐고 있던 노트를 홱 밀쳤다. 듣고 있었다. 오히려 너무 잘 듣고 있었다. 그의 말을 빼곡히 기록하던 내 모습이 보이지는 않았던 걸까. 단번에 어안이 벙벙해졌다.

어느 정도는 알고 있다. 왜 그가 그리 행동했는지를. 눈을 안 마주치고 메모만 하는 내 모습이 보기 좋지 않았을 거란 걸 뒤늦게나마 알아차렸다. 함께 대화하는 기분이 아니라 벽에다가 이야기하는 기분이 들었을지도 모르겠다. 그래도 대화 도중 딴짓을 한 것도 아니고, 그의 말을 필기했을 뿐인데 이렇게까지 짜증을 낼 일일까 하는 의문을 지울 수 없었다. 나는 내 미숙한 행동을 반성하는 것과 동시에 그가 얼마나 나를 싫어하는지 실감하게 되어 서러워졌다. 그리고 그보다 더 서글픈 일은 내가 2개월을 다 못 채우고 2팀을 나가게 되었다는 것이다.

제작 2팀을 나가게 된 건 갑작스럽게 일어났다. 일과 중 돌연, 제작 3팀으로 차출되었다는 통보를 받았다. 그것도 다음 주가 아닌 당장 내일부터. 통보를 전한 철 팀장님은 무심한 얼굴로 이러한 말을 툭 덧붙였다.

"우리 팀은 이제 안 바쁘니 다른 팀을 도와."

말속에 다른 의미가 담겨 있음을 금방 눈치챘다. 이건 1팀 때와는 경우가 달랐다. 명백히 차출이 아닌 퇴출이었다. 나는 끝내 쓸모를 증명하지 못하고 쫓겨난 것이다. 2팀에 온 지 한 달도 채 안 되었다. 더군다나 바쁘지 않다는 말도 핑계인 게 분명했다. 2팀은 여전히 바빴다. 최근에 수주한 큰 프로젝트는 끝나지 않고 계속 진행 중이었고, 경쟁 PT 또한 곧 마감이라서 한창 진행 중이었다. 누가 보더라도 2팀은 인력이 필요한 팀이었다. 여기까지 생각이 미치자 나는 고개를 들 수 없었다. 울컥, 치미는 무언가를 느꼈다. 철 팀장님 앞에서 눈시울이 붉어지는 모습을 감추려 애썼다. 쉽지는 않았다.

자괴와 절망에 빠져 허우적대는 한편 이런 생각도 들었다. 어쩌면 철 팀장님의 말이 사실이지 않을까? 3팀이 너무 바빠 인력이 필요하다는 말은 정말이지 않을까? 나를 내친 게 아닐 수도 있겠단 믿음이 슬그머니 피어오르자 기분이 조금 나아졌다.

하지만 그다음 날, 내 희망 사항은 보기 좋게 바로 부서졌다. 3팀은 전혀 바쁘지 않았다. 나는 3팀 소속이 되자마자 정시에 퇴근할 수 있었다. 3팀 사람들도 정시에 퇴근하기는 매한가지였다. 지금은 팀 일정이 조금 여유롭다는 말을 3팀의 차장님한테 들었을 때는 그만 죽고 싶어졌다.

눈물의 이유, 노력의 배신

B사에 대한 환상은 언제부터 깨졌을까. 아마 3팀으로 강제 이동 당한 뒤 와장창 깨지지 않았나 싶다. 그렇다고 해서 오해는 말기를. 3팀에서의 생활은 뜻밖에 괜찮았으니까. 그저 2팀에서 쫓겨난 것에 대한 자괴와 불안이 모든 걸 압도할 만큼 컸을 뿐이다.

2팀에 있을 때 내내 들던, '우진우의 아이디어는 최악'이란 평은 희한하게 3팀에서는 잘 듣지 못했다. 도리어 내가 낸 아이디어가 좋다는 칭찬을 몇 차례 들었다. 갑자기 달라진 평가에 나는 고개를 갸웃거렸다. 솔직히 말해 의구심밖에 들지 않았다.

얼마 안 지나 3팀을 나가게 되었다. 또 쫓겨난 것은 아니었다. 원래 예정대로 2개월이 지났으니 다른 팀으로 소속을 옮긴 것뿐이었다. 2팀에서 타 팀을 도와준다는 명목으로 나를 내보냈던 경우이니 3팀에서의 근무 기간이 2주 정도로 심히 짧은 건 당연한 일이었다. 그렇게 나는 1팀, 2팀, 3팀, 이렇게 총 세 팀을 돌아다니면서 어찌어찌 2개월이란 시간을 채웠다.

내가 다음으로 가게 된 팀은 제작 4팀이었다. 4팀은 구성원의 수가 적은 팀이었으며 동시에 인턴들 사이에서 유명하기도 했다. 4팀 '화' 팀장님의 소문이 자자했기 때문이다. 그는 무섭기로 유명했다. 지금까지 그의 밑에 있던 인턴 대부분이 힘겨워했고, 심지어 몇 명은 울음을 터트리기까지 했다고 들었다. 그래서 인턴들이 제일 기피하는 1순위가 화 팀장님이라는 이야기를 전해 들었을 때는 그냥 해탈했다. 4팀으로 자리를 옮기기 전, 3팀 사람들이 나보고 고생이 많겠다며 힘내라는 위로를 전할 정도였다. 2팀에 있을 때보다도 더한 인턴 생활이 시작되리란 건 불 보듯이 뻔했다.

4팀에 들어가고 나서 직접 화 팀장님을 대면해 보니 과연, 그는 소문대로였다. 성격이 깐깐하고 언행이 대체로 거친 편이었다. 심심한 아이디어를 가져가면 진부하다며 가차 없이 쏘아붙였고, 업무와 별 상관없는 사소한 실수도 너그럽게 넘기기보다는 한 번은 꼭 걸고 넘어갔다. 그렇지만 화 팀장님은 2팀의 철 팀장님처럼 도중에 발표를 멈추게 하지는 않았다. 내 발표 내용이 좋든 나쁘든 끝까지 경청했다. 가끔 그의 입에서 내 아이디어가 좋다는 평가가 흘러나오기도 했다. 발표가 중단되지도 않고, 그 무섭기로 유명한 사람이 (아주 가끔이긴 하지만) 내게 칭찬까지 해 주니 의구심밖에 들지 않았던 마음에는 차차 다른 감정이 들어오기 시작했다. 희망이었다. 나도 모르게 실력이 향상된 걸지도 모르겠단 희망 말이다. 2

팀에 있을 때보다 쓸모가 생긴 기분이었다. 이번엔 '미운 인턴 새끼' 오디션 프로그램에서 하차까지는 아니더라도 적어도 일등은 하지 않을 자신이 생겼다. 자신감은 자기 긍정으로도 이어졌다. 화 팀장님에게 꾸중을 듣거나 주어진 업무를 능숙하게 처리하지 못하거나 할 때 나는 자신을 이렇게 다독이곤 했다.

'괜찮아. 나는 성장하고 있고 앞으로는 더 잘하게 될 테니까. 그러니까 일일이 의기소침하지 말자.'

앞날에 대해 무작정 희망을 거는 것만으로 나는 등허리를 펴고 회사에 다닐 수 있게 됐다.

전보다 숨통이 좀 트였다고 해서 4팀에서의 인턴 생활이 마냥 즐거웠다는 건 아니다. 팀 구성원이 적은 탓에 인력이 늘 부족했고, 업무는 시도 때도 없이 몰려왔다. 근무 시간 내에 처리할 수 없는 양이었다. 그래서 4팀으로 소속을 옮기고 나서 나는 자주 야근했다. 아이데이션 회의도 거의 매일 참여했다. 다시 말해 새로운 아이디어를 날마다 쥐어짜 발표해야 했고, 그런데도 연이은 야근으로 인해 깊게 사고할 시간이 절대적으로 부족한 상황에 처했다는 소리다. 퇴근 후 집에 돌아오면 피로감에 아무것도 못 하고 잠에 빠져들기 일쑤였다. 하루가 어떻게 가는지 알 수 없이 바쁘게 흘러갔다.

적게 자고, 골이 지끈거릴 때까지 많이 생각하고, 쉴 새 없이 바쁘게 움직이는 일상을 보낸 건 이번이 처음이었다. 입시를 치른 고3 때도, 졸업반인 대학교 4학년 때도 이렇게 치열한 일상을 보내지 못했던 것 같다. 거울에 비치는 내 얼굴은 하루가 다르게 썩어 가고 있었다. 다소 과격한 표현이지만 이런 표현만이 떠오를 정도로 눈그늘이 눈가 밑으로 진하게 내려와 있었다. 어떻게 썩었는지를 더 표현하자면 피부는 푸석푸석하게 메말라 있었다. 잦은 야근으로 인해 원래도 민감했던 피부가 더욱 민감해진 탓이었다. 새벽녘까지 회사에 있는 날에는 입술이 부어오르고 볼 부근이 벌겋게 일어나곤 했다. 그런 꼴을 볼 때마다 다 때려치우고 싶단 충동이 솟구쳤다. 내가 왜 이렇게까지 살아야 하느냐는 회의감도 함께 일어났다. 하지만 그런 반발심은 꾹꾹 안으로 삼켰다. 당장 B사의 인턴을 그만둘 것도 아닌데 이런 생각을 하는 건 아무런 도움이 되지 않은 까닭이었다. 차라리 그 시간에 광고 레퍼런스 하나라도 더 보는 게 훨씬 생산적일 것이다.

그렇게 나는 생각을 비우고 그저 열심히만 했다. 사실 '열심히'라기보다 '필사적'인 느낌이 더 강하리라. 물속에 잠기지 않으려고, 숨 좀 쉬고 싶어서 발버둥 치는 사람처럼 B사를 다녔다. 다시는 미움 받는 인턴이 되고 싶지 않았다.

그런 노력과는 별개로 내 잔 실수는 날이 갈수록 많아졌다. 피로에 찌든 머리는 더 좋은 아이디어를 뽑아내지 못했고 맥락에서 빗나간 생각만 가져왔다. 손도 맛이 가 있었다. 원래도 느린 작업 속도가 점차 더뎌지기 시작했다. 간단한 작업인데도 빨리하려고 서두르다 보니 자잘한 실수를 일으켰다. 수습하고자 고치다 보면 속도가 또 느려졌다. 얼른 해야 한다는 강박이 생기고, 조급하게 작업하고, 그럼 다시 실수를 저지르고 마는 악순환을 나는 자주 반복했다.

제안서에 넣을 시안을 여러 개 디자인해야 하는 날에도 그러했다. 작업 개수가 꽤 되었지만, 마감 기한은 당장 다음 날까지였다. 시간이 빠듯했다. 업무시간 내내 붙잡으며 열심히 했지만 나온 결과물이 썩 좋지 못했다. 미진한 작업 속도와 비효율적인 작업 과정을 끝내 개선하지 못한 탓이 컸다. 퇴근 전까지 여섯 개를 작업하기로 했는데 7시가 다 되어서도 세 개만을 겨우 완성하게 되었다.

당연히 야단맞았다. 나는 4팀에서 내 사수 역할을 했던 '목'에게 연신 고개 숙여 사과했다.

"죄송합니다."

"나…… 진짜 너 같은 인턴 처음이야."

뒤이어 목 사수님은 여러 이야기를 꺼냈다. 욕을 하거나 소리를 지르지는 않았지만, 나에 대한 실망을 말 한마디 한마디에 여실히 담아냈다.

사무실 안은 유난히 적막했다. 대화를 나누거나 전화를 받는 이 한 명 없었다. 외근을 나간 사람도 없는 모양인지 비어 있는 자리도 평소보다 적었다. 그래서 내가 목 사수님에게 혼나는 순간을 내 인턴 동기들을 포함해 B사의 많은 직원이 생생하게 목격할 수 있었다. 목 사수님한테 책망받는 나 자신이 부끄러운 데다 다른 사람들에게 내가 얼마나 모자란 놈인지 똑똑히 알리기까지 하여 더욱 큰 부끄러움을 느꼈다.

특히 4팀 자리 근처에는 2팀의 자리가 있었고, 불운하게도 2팀의 사람들 모두가 자신의 자리를 지키고 있었다. 망신도 이런 망신이 없었다. 새삼스럽게 그들을 의식하자 속이 메슥거리기 시작했다. 정신을 똑바로 차릴 수 없었다. 목 사수님한테 혼나는 와중 나는 2팀 사람들을 곁눈질하며 그들의 머릿속을 멋대로 짐작해 보았다.

'쟤 아직도 저러는구나?'

'꼴통 인턴 여전하네.'

'우리 팀 나가서 다행이다.'

아마 그런 뉘앙스의 생각들을 떠올리지 않을까. 그들의 속내를 짐작하는 것만으로도 죽고 싶어졌다. 2팀에서 쫓겨났을 때 가졌던 생각을 다시금 하게 되었다.

나는 재차 고개 숙이며 죄송하다고 말했다. 몇 번째일지 모르는 사과였다. 목 사수님은 자리에서 일어나며 말했다.

"이만 퇴근해. 내일 오전에 마저 작업 끝내자."

가방을 챙긴 목 사수님은 먼저 사무실을 벗어났다. 나는 한참 의자에 앉아 있다가 일어났다. 후들거리는 다리를 이끌고 1층으로 내려가 건물 밖으로 빠져나갔다. 노란 햇빛이 거리를 물드는 풍경이 보였다. 고개를 드니 하늘에 노을이 져 있었다. 해가 완전히 저물지 않은 퇴근길은 꽤 오랜만이었다. 4팀에 오고 난 뒤로 계속 야근했으니 그럴 법했다.

만석인 지하철에 몸을 실었다. 건대 입구 역에서 사람들이 많이 내렸다. 빈 손잡이를 겨우 찾을 수 있었다. 붙잡고서 생각에 잠겼다. 목 사수님은 내일 오전에 작업을 끝내자고 말했지만, 내 작업 속도상 그건 불가능한 일이었다. 아무래도 집에서 마저 작업하는 게 좋을 것 같았다. 자발적으로 야근하기로 결심하자 머릿속이 바빠졌다. 시간 절약을 위해 귀가 후에 할 일들을 구체적으로 그리기 시작했다.

'최대한 저녁을 빠르게 해결하자. 집 근처 편의점에서 도시락을 사 오는 거야. 그걸 먹으면서 사무실에서 했던 작업물부터 고치자. 다 완성하면 나머지 3개의 시안을 작업하자. 아, 그 전에 콘셉트부터 짜야 할 텐데. 사이트에서 레퍼런스 먼저 찾아보고, 그리고 그다음에…… 그래서……'

어쩐지 계획이 매끄럽게 이어지지 않았다. 불현듯 이런 생각이 든 까닭이었다.

'그래서 뭐? 이게 다 무슨 소용이지?'

그동안 무수히 야근했다. 밤을 새웠고 광고물 작업에 열을 올렸다. 그리고 그 결과가 지금이다. 2팀에 있을 때나 4팀에 있을 때나, 나는 여전히 멍청했다. 아무것도 변하지 않았다. 지난날 성장했다고 느낀 건 나만의 착각이었다. 모든 것이 원점임을 알게 되자 목이 메어 왔다.

차라리 목 사수님이 아닌 화 팀장님에게 한 소리 들었더라면 덜 비참했을까? 화 팀장님은 원래 무섭기로 유명한 사람이니 말이다. 그랬다면 나는 내 실수를 모두의 앞에서 지적하는 화 팀장님을 그저 꼰대라고 치부했을 것이다. 지금보다는 덜 괴로웠을 테다.

'아니다. 아니야!'

가정을 마구잡이로 늘어놓던 도중에 나는 고개를 홱 저었다. 현실 도피라도 하며 속 편해지려 해도 쉽지 않았다. 이 가정 또한 언젠가의 현실이 될 게 뻔했기 때문이다. 지금 당장은 아닐지라도 어차피 나는 곧 화 팀장님의 눈 밖에도 날 것이다. 2팀에서처럼 다시 한번 아웃당할 것이다. 그럴 게 분명했다. 목 사수님 말처럼 나 같은 인턴이 처음이라면, 나는 더 이상 B사에 있어서는 안 됐다. 아무리 노력해도 아무런 도움이 되지 않아 괴로운 건 나만이 아니었다. 2팀의 철 팀장님도, 4팀의 목 사수님도 괴로울 따름이며, 그리고 앞으로 나와 대면하게 될 B사의 다른 직원들도 그러할 것이다.

그간의 고생이 단번에 의미를 잃는 순간, 그리고 더는 앞날에 대해 어떠한 희망도 걸 수 없는 순간, 나는 깊은 무력감에 빠졌다. 문득 볼 위로 흘러내리는 존재를 깨달았다. 의식도 못 한 새 나는 울고 있었다. 간간이 눈물을 훔치며 지하철 손잡이를 꽉 붙들었다. 아무렇지 않은 것처럼 상황을 넘기려 했지만, 눈물의 양은 눈치도 없이 점점 많아졌다. 턱 끝으

로 맺힌 것들이 자꾸 바닥으로 떨어지자 구석진 곳으로 걸음을 옮겼다. 차창을 향해 몸을 돌리고 허리와 고개를 푹 숙였다. 양손을 들어 올려 얼굴을 단단히 감쌌다. 압박하듯 눈가를 누른 손 틈 사이로 눈물이 삐져나왔다. 울음을 삼키고자 했지만 흐느낌이 바깥으로 헤프게 새어 나갔다. 점점 커지는 울음소리에 사람들의 이목이 내게 집중되기 시작했다. 등 뒤로 그들의 시선이 꽂히는 게 느껴졌다. 그런데도 멈출 수 없었다. 어쩌면 이 지하철 칸에 B사의 직원이 타고 있고, 나를 지켜보고 있을지도 모르겠단 생각이 들었다. 그렇지만 멈출 수 없었다. 도저히 멈춰지지 않았다.

불안, 자기를 믿지 못한다는 것

집에 도착하고 나서도 계속 훌쩍였다. 그러면서도 사무실에서 했던 작업을 이어갔다. 자정쯤이 되어서야 시안 전부 작업을 끝낼 수 있었다. 하지만 잠이 오지 않았고 새벽까지 컴퓨터 앞에 앉아 있었다. 생각을 비우며 마우스를 계속해서 움직였다. 그렇게 정해진 개수보다 더 많은 양의 시안을 작업하고서 눈을 붙였다. 얼마 지나지 않아 눈꺼풀을 들어 올렸다. 벌써 아침이 찾아와 있었다. 두 눈이 팅팅 부어오른 채 출근길에 올랐다.

회사에 도착하자마자 컨펌받기 위해 목 사수님 메신저로 작업물을 공유했다. 그는 확인하고서 내가 작업했던 원본 파일을 요구했다. 전달하자 사수님은 파일을 열어 많은 것을 고쳤고 광고주한테 보냈다. 그 결과물은 내 것이라기보다 그의 것이었다. 밤을 거의 새우다시피 작업했음에도, 정해진 양보다 훨씬 많이 작업했음에도, 결국 내 노력은 또 아무런 의미를 낳지 못한 것이다. 전날 했던 예상과 한 치도 다르지 않은 상황이 펼쳐지자 되레 웃음이 실실 나왔다.

그날 이후 나는 신경이 과민해졌다. 수고했다는 말을 들어도 곧이곧대로 듣기보다 '진짜일까?' 하고 의심했다. 아무런 잘못을 안 저지르고 안온한 하루를 보낼 때도 마음이 편치 않았다. '어차피 내일이면 또 실수하게 될 거야.'라며 미리 부정적인 사고부터 가졌다. 그런 태도로 인해 시간이 흐를수록 팀에 녹아들기보다는 겉돌기만 했다. 매일매일 긴장감에 사로잡혀 빳빳하게 구는 막내 인턴을 누가 편안해하겠는가. 나도 내 모습이 보기 안 좋다는 걸 알면서도 긴장을 내려놓을 수 없었다.

치솟는 긴장감만큼 일의 숙련도도 비례해 상승하면 좋았겠지만 슬프게도 그러지 못했다. 오히려 온종일 마음이 팽팽하게 당겨지니 기존에 쉽게 하던 업무도 능숙히 처리하지 못하게 됐다. 습관적으로 2팀에 있을 때의 나와 지금의 나를 비교하곤 했다. 아무리 살펴봐도 아이디어적으로든 디자인적으로든 실력이 나아진 건 없어 보였다. 그래서 나는 '4팀에서는 언제 퇴출당하는 걸까?'를 자주 생각하게 되었다.

B사에 출근할 때마다, 4팀 사람들과 얼굴을 마주할 때마다 살얼음판을 걷는 기분이었다. 나는 하루가 다르게 점점 이상해졌다. 어느 순간부터 길을 걷다가 차도 위를 빤히 보게 되었다. 매섭게 달리는 차를 보며 그릇된 소망을 품기 시작했다. 저것이 방향을 틀어 인도로 돌진하기를, 그리고 내가 무자비하게 다치기를. 교통사고를 당한 나는 입원을 하게 될 것

이다. 불가항력으로 B사를 그만둘 수밖에 없을 것이다. 누구의 비난도, 조롱도 없는 평화로운 퇴사였다. 상상만으로 나는 자유를 느꼈다.

이게 미쳐 가는 과정 중 하나란 걸 아무리 둔한 나여도 바로 알 수 있었다. 이대로면 정말 일을 치를 것 같은 기분에 우울 증세가 더 깊어지기 전 동네 근처 정신건강의학과 병원을 검색해 보았다. 정신건강의학과 병원은 사실 이전에도 가본 적이 있었다. 하지만 그때는 나이가 어렸고, 고등학교를 갓 졸업해 아는 게 별로 없는 학생이었고, 고로 엄마가 나 대신 병원을 알아봐 줬기에 진료 예약이 이토록 어렵다는 걸 이번 기회에 처음 알게 되었다.

어느 병원에 전화해도 예약이 꽉 차 있어 당장 진료를 보기가 어렵다고 했다. 특히나 주말 방문은 평균 한 달 정도를 기다려야 했다.

"다음 주 목요일 저녁이면 가능한데 예약하실래요?"

문의 전화를 돌린 여러 병원 중 한 곳에서 연락이 왔다. 간호사의 물음에 나는 조금 고민하다가 되었다고 답했다. 평일 일정은 전혀 가늠할 수 없었다. 이제 나는 광고대행사의 실태를 아는 인턴이었다.

광고대행사란 무릇 언제 어떻게 일정이 변동되는지 알 수 없는 곳이고 특히 말단 중의 말단인 인턴이 개인의 약속을 감히 잡으면 안 되는 곳이다. 나는 다음 주 목요일에 야근할 수도, 하지 않을 수도 있는 공존의 경우에 놓인 상황이었다. 이게 무슨 슈뢰딩거의 고양이와도 같은 소리냐 싶겠지만, 어쨌든 현 상황에서 평일 약속을 잡을 수는 없어 주말에 최대한 빠르게 방문할 수 있는 병원을 계속 찾아보았다.

그 결과, 찾았다. 옆 동네 상가 안에 있는 병원이었다. 자취방에서 버스를 타면 15분 정도 걸리는 거리였다. 별로 멀지 않았다. 물어보니 따로 예약할 필요도, 기다릴 필요도 없다고도 했다. 더군다나 초진 비용이 다른 병원보다 훨씬 저렴했다. 그 이유는 심리 검사를 하지 않아서였다. 돈을 아껴서 다행이다 싶으면서도 의아했다.

'초진인데 검사를 왜 안 해? 그럼 어떻게 상담한다는 거지?'

그 의문은 주말에 해당 병원을 방문하면서 해소할 수 있었다. 이곳은 상담을 안 하는 곳이었다. 아니, 상담 진료를 하기는 했다. 그걸 한다고 봐야 할지 모르겠지만.

이곳은 의사가 진료실 문을 열어 두고 "무슨 일로 왔어요?"라고 묻는 곳이었고, 진료실 코앞에 대기 의자가 비치되어 있었다. 가뜩이나 병원 내부가 협소해 소리가 다 울리는데 대기실에는 적지 않은 사람이 기다리기까지 했다. 이런 상황에서 내가 무슨 말을 꺼내겠는가. 모두의 앞에서 내 못남을 드러내는 일은 또 하고 싶지 않았다. 나는 그저 과로로 인한 스트레스 때문에 왔노라 짤막하게 답했고 의사는 더 묻지 않고 약을 처방해 주었다. 그렇게 병원에 온 지 10분 만에 다시 집으로 돌아가게 되었다.

그래, 상담이 뭐가 중요한가. 실질적인 도움이 될 약이 중요한 거지.

어딘가 찜찜하긴 해도 나는 약봉지를 소중히 다루며 가방 안에 넣었다. 이것만 잘 먹으면 나는 정상으로 돌아갈 수 있으리라. 더는 멍하게 차도를 볼 일도 없을 것이다.

하지만 늘 그렇듯 원하는 대로 인생은 흘러가지 않는다. 약을 꾸준히 먹었음에도 나아지는 게 거의 없었다. 그나마 얻은 유일한 안식은 내가 이 약을 가지고 있단 사실 그 자체였다.

나는 주머니에 신경 안정제, 위장약 따위가 들어 있는 약봉지를 노상 넣어두고 다녔다. 여차할 때, 그리고 알 수 없는 충동에 휩싸일 때 즉각 봉지를 찢어 입안에 털어 넣으면 된다고 생각했기 때문이다. 그리고 실제로도 그렇게 행동했다. 정해진 1일 치 복용량을 훌쩍 넘기는 날이 점점 많아졌다. 어느 날은 신경안정제 한 알을 추가해서 먹었고, 또 어느 날은 비타민 영양제라도 챙겨 먹듯 빈번하게 여러 알을 꺼내 삼켰다. 기존 복용량의 두 배 이상 먹는 날은 대체로 회의가 많은 날이었다. 나는 이제 B사 사무실에 앉아 있기만 해도 심장이 벌렁거렸는데, 특히 회의실에 있을 때는 그 증세가 한층 심각해졌다. 표정을 멀쩡하게 꾸밀 수 없었고 행동도 정상인처럼 가장할 수 없었다. 삐걱거리는 내 모습은 흡사 고장난 로봇과도 같았다.

비정상적으로 비대해진 회의에 대한 공포를 조금이라도 줄일 수 있는 건 꼼꼼한 회의 준비도, 잘할 수 있다는 자기 긍정도 아닌, 오로지 내 주머니 속에 든 알약뿐이었다. 실제로 효과를 본 건지 안 본 건지 모르겠으나 어쨌든 완화될 가능성이 이 조그마한 알약에 있다는 건 명백하니 위로가 되었다. 맹목적으로 그 가능성을 믿으려 들었다. 그렇게 신경안정제를 부적처럼 여기며, 회의실에 들어가기 전 한 알씩 삼켰다. 하루에 회의가 세 번 있는 날엔 세 번 연달아 복용하기도 했다. 순 제멋대로인 처방이 아닐 수 없다.

멋대로 구는 건 이뿐만이 아니었다. 의사는 약을 커피나 술과 함께 복용하지 말라고 당부했지만 전부 어겼다.

커피는 어쩔 수 없었다. 약의 성분과 연이은 야근으로 인해 졸려 죽을 것 같은데 어쩌겠는가. 신경 안정제만큼이나 카페인 섭취도 중요했다.

술도 마찬가지였다. B사의 상사들은 회식을 무척 좋아했으며 술 잘 마시는 인턴을 예뻐했다. 나는 뭐든 좋으니 미운털이 덜 박히고 싶었다. 그래서 상사가 주는 술을 넙죽 받아 마셨다. 구태여 술을 좋아한다는 거짓말까지 하면서 회식을 즐기는 척했다. 정 음주를 피할 수 없다면 그날은 약 복용을 건너뛰면 되는 일이었다. 하지만 일부러 그러지 않았다. 여느 때처럼 회식이 있는 날에도 주머니 속에 있는 것을 꺼내 입안에 털어 넣었다. 하루라도 빼먹으면 초조해서 견딜 수가 없었다. 그러니 술과 약을 함께 먹은 일 또한 어쩔 수 없다고 항변해 본다. 비록 귀가하고 나서 내내 변기통을 붙잡고 구토할지라도 말이다.

이런 자질구레한 사정은 의사한테 밝히지 않았다. 우선 쪽팔렸다. 그다음 이유로는 혼나고 싶지 않았다. 회사가 아닌 곳에서까지 어깨를 움츠리고 싶지 않았다. 그래서 병원에 재방문한 날, 잘 복용하고 있냐는 의사의 물음에 순순히 고개를 끄덕였다. 일주일 치를 단기간에 다 먹었단 소리는 하지 않았다. 약이 없는 나머지 날에는 대학교 1학년 때 처방받고 남은 정신과 약으로 대신했다는 이야기도 꺼내지 않았다. 그때의 약이 유통기한이 지나도 한참 지났음을 알리지도 않았다. 나는 복용량을 더 늘려달라는 부탁만 건넸다. 의사는 왜냐고 물었다. 나는 별 효과가 없는 것 같다고, 게다가 회사 생활이 바빠 다음 주 주말에는 못 올 것 같다고 답했다. 진료를 볼 때마다 내가 하도 과로, 과로 노래를 불러서 내 말에 신빙성이 있다고 느낀 건지, 아니면 원체 이 병원은 상담하지 않기 때문인지는 모르겠으나 의사는 더 캐묻지 않고 통 크게 지난번보다 많은 양의 약을 처방해 주었다.

이번 진료도 10분 안에 끝이 났다. 난 약봉지를 챙기고 집으로 돌아가는 버스에 올라탔다. 양이 두둑해진 만큼 마음도

넉넉해졌다. 조금 풀린 기분으로 버스 창 너머를 구경했다. 날씨는 쾌청했고 나뭇잎의 색은 싱그러웠다. 다가오는 여름을 한가로이 감상했다. 그러다 도로 위를 쌩쌩 달리는 차들에 시선이 갔다. 타이어 무늬가 보이지도 않게 맹렬히 돌아가는 바퀴. 나는 물끄러미 쳐다보았다.

'아프긴 하겠지?'

불현듯 드는 사고에 화들짝 눈길을 허공으로 돌렸다. 가방에 있는 약봉지를 만지작거렸다. 그리고 이틀 뒤에는 B사에 다시 출근해야 한다는, 그 당연한 사실을 잊으려 들었다.

광고, 그까짓 게 뭐라고
버티기로 결심했다

벌써 6월 중순이 되었다. 그리고 B사 근무 기간이 4개월을 향해 달려가고 있었다. 그즈음, 나는 생리를 아예 안 한다는 사실을 인지했다. B사에 입사한 첫 달에는 했지만, 그다음 달부터는 완전히 멈춘 것이다. 물론 그 사실 자체는 알았다. 알았지만 언젠가는 하겠거니 하며 내버려 두었다. 솔직히 생리통이 심한 편이라 하지 않아서 다행이라고도 생각했다. 바빠 죽겠는데 배까지 아프기는 싫었다. 그런데 여름이 다 되어 가도록 하지 않으니 때늦은 걱정이 몰려오기 시작했다. 생리가 중단될 정도니, 몸에 이상이 생긴 건 분명했다. 하긴 그렇게나 야근하고 혼이 나고 우울증 걸리고, 온갖 스트레스란 스트레스를 다 받았는데 건강하다면 그것도 좀 우스운 일이다.

나는 며칠 고민하다가 인사팀 직원에게 문의 메일을 넣었다.

인턴은 언제 어떻게 휴가를 쓸 수 있나요?

그리고 인턴 동기들이 있는 단체 메신저 방에 메시지를 보냈다.

> 내가 휴가 쓰는 방법 물어봤어. 답장 오면 너희한테도 내용 공유할게.

인턴 동기들이 나보고 용감하다고 했다. 1년 미만 단기 근로자여도 연차 휴가가 주어져야 한다. 1개월 만근 시 하루 휴가일이 발생하는 식이다. 포털에 검색만 해도 주르륵 뜨는 상식이었다. 법적으로도 보장된 이 조항을 인사팀에 물은 것뿐인데 동기들은 용감하다는 수식어를 내게 붙여 주었다. 그런 반응이 조금 서글프게 느껴졌다.

답장 메일은 바로 왔다. 먼저 본인 소속 팀의 팀장한테 허락을 구하라고 적혀 있었다.

3개월 만근했으니 내게는 휴가일 3일이 주어진 셈이었다. 나는 그 뒤로 여러 가지 준비를 했다. 어느 날 점심에 대뜸 인턴에게도 휴가 제도가 있다는 사실을 팀 사람들에게 알렸다. (당시 그들은 인턴에게도 휴가가 있냐며 놀라워했다.) 그리고 어느 날 저녁에는 언젠가 나도 하루 정도는 쉬고 싶다고 은근히 어필했다.

한 곳에서 결과가 나오자 4팀의 화 팀장님에게 다가갔다. 꾸벅 인사하고 곧장 본론으로 들어갔다.

"팀장님. 다음 주 수요일에 휴가를 써도 괜찮을까요?"

사전 공작 덕분일까. 화 팀장은 그래라, 즉답했다. 그러면서도 약간의 못마땅함과 의아함은 감추지 못했다.

"근데 휴가는 왜 쓰는데?"

"급한 일이 생겼어요."

거짓말했다. 솔직한 심정으로는 '제가 요즘 많이 아파요. B사에 오고 나서 모든 게 엉망진창이에요! 아니, 그보다도 저 계속 야근했잖아요? 휴가 정도는 그냥 써도 되지 않을까요?'라고 되바라지게 받아치고 싶었지만 참았다.

내 모호한 답변에 화 팀장님은 어이없어하는 눈치였다. 나는 그가 무어라 말을 보태기 전, 재차 고개를 꾸벅이고는 자리로 돌아갔다.

겨우 휴가를 내서 간 곳은 상담까지 해 주는 더 좋은 정신건강의학과 병원도, 현재 몸 상태를 진단할 수 있는 산부인과 병원도 아니었다. 어느 중견기업의 면접장이었다.

우울증이 걸린 것만으로도 벅찬데 몸에 다른 이상까지 생기니 생각이 바뀌었다. 다른 곳으로 도망치기로 했다. 이직을 결심한 것이다. 더는 B사에 멀쩡한 심신으로 다닐 자신이 없었다. 마음이 회의적으로 변한 것처럼 퇴근 후의 일상도 덩달아 변했다. 예전에는 곧장 침대 위로 쓰러져 모자란 잠을 보충하곤 했는데 요새는 컴퓨터 앞에 꾸역꾸역 앉아 구직 사이트를 뒤적거리는 나날을 보냈다. 그러다가 한 중견기업의 디자이너 자리가 나왔고, 지원했고, 서류 전형에 붙었고, 면접에 불리게 된 것이다.

그래서 면접장에 왔다. 해당 기업의 디자이너 직군은 다른 직군과 다르게 면접 이후 따로 실기 시험을 치른다는 안내를 받았다. 하루 안에 다 소화하기엔 빡빡한 일정이었으나 시간을 따로 내기 어려운 나한테 있어 오히려 좋았다. 마음에 들었다.

그러나 막상 중견기업에 와 보니 이야기가 달라져 있었다. 전형이 갑자기 바뀐 것이다. 채용 담당자가 대기실에 와서 일정이 지연되는 바람에 오늘은 실기를 보지 않는다고 말했다. 날을 다시 잡아 실기 전형을 진행하겠다고, 2~3일 내로 빠르게 일정을 잡겠으니 걱정하지 말라고, 담당자는 당당한 투로 뒷말을 붙였지만 걱정을 안 할 수가 없었다.

2~3일 뒤라니? 그 단기간 내에 또 시간을 낼 수 있을까? 이번 휴가도 눈치를 살살 보다가 일주일 전부터 이야기 꺼내서 겨우 얻어낸 거였는데?

내일이나 모레, 화 팀장님한테 가서 또 휴가 내도 되냐고 물으면 그때는 "그래라"가 아니라 제정신이냐는 불호령이 튀어나올 것이다. 그럼 나는 또 혼나고, 인턴 동기들은 또 내게 용감하다는 말을 보내겠지. 어째 불길한 시나리오가 착착 그려졌다.

패닉에 빠진 채 대기실에 앉아 있었다. 얼마 안 가 호명되었고 면접장 안으로 들어갔다. 지원자들이 전부 자리에 앉은 뒤, 면접관은 여러 질문을 던졌다. 그중 예상했던 질문도 있었고 예상하지 못한 질문도 있었다. 그리고 그 모든 물음에 나는 전부 횡설수설 답했다. 이 면접을 잘 본다 한들 다음 전형에는 어차피 참여할 수 없다는 생각 때문에 정신이 나가 있었다. 똑바로 정신 차리고 답하자고, 뒤늦게 되뇌어 보며 결자해지하려 들었지만, 버스는 이미 떠난 상태였다. 면접관은 면접 초반부터 어리바리 떨며 멍청한 소리만 지껄이던 내게 더는 시선을 주지 않았다. 아까부터 또박또박 말 잘하는 지원자에게만 시선을 주었다. 중요한 질문도 그에게만 던졌다. 구태여 채용 담당자에게 결과를 듣지 않아도 알 수 있었다. 탈락이다.

오후 4시쯤 돼서 중견기업 면접장을 나갔다. 예상외로 시간이 많이 남았다. 이렇게 일찍 끝낼 거면 그냥 지금 실기 보면 되는 거 아니야? 황당하게 빌딩을 올려보았다. 눈살을 와락 찌푸리며 노려보다가 도중에 그만두었다. 쭈그린 이맛살이 아픈데다가 어차피 탈락이 결정된 지금 상황에서 모든 가정은 무의미했으니까. 실기 전형에 대한 미련을 겨우 떨치고 지하철을 탔다.

집에 도착하니 5시가 조금 넘었다. 평일 이렇게 이른 오후에 집에 있는 경우는 아주 오랜만이었다. 하루 휴가를 쓰니 이건 좋네. 억지로 긍정적으로 생각하며 구두를 벗었다. 정장을 입은 채 침대 위로 털썩 몸을 던졌다. 이미 떠나간 버스인데도 미련을 완전히 버리지 못한 나는 자꾸만 좀 전의 면접을 복기했다. 그 질문에는 졸업 작품 이야기 꺼내면 됐는데. 아, 그 질문에도…….

곱씹을수록 아쉬웠다. 그리고 짜증이 솟구쳤다. 머리 위로 열기가 슬금슬금 피어오르는 게 느껴졌다.

'취준생은 뭐, 맨날 시간을 비워야 하나? 원래 일정대로 진행하지 못하면 죄송하다는 말이 먼저 아니야? 면접비도 안 줬으면서 유세야. 2~3일 간격으로 전형을 치르는 곳인 줄 알았다면 서류에 지원하지도 않았을 거라고!'

중견기업의 엉성한 일정 관리와 무책임한 모습에 비난을 쏟아붓는 것과 함께 나에 대한 비난도 잊지 않고 했다.

'꾀병이라도 부려서 회사를 빠질 생각을 해야지. 곧이곧대로 휴가를 내려고 해? 너무 멍청한 거 아니야? 고작 실기 시험 다른 날에 본다고 멘탈이 나가? 그러니까 B사에서 맨날 그 모양, 그 꼴로 지내는 거 아니냐고. 제발 똑똑하게 인생 살자. 좀!'

침대에 가만히 누워 있을 수 없었다. 벌떡 일어나 한참을 씩씩거렸다. 거추장스러운 정장 재킷을 벗어 바닥에 내팽개쳤다. 좁은 방 안을 빙빙 맴돌았다. 평소 욕도 잘 안 하면서 아드레날린이 과하게 분비되는 머리통은 각종 창의적이고도 신랄한 욕설을 생각해냈다. 그리고 내게 쓰기를 종용했다. 나는 나 자신과 중견기업을 번갈아 가며 욕했다.

그러다 무언가 정해진 결말처럼, 응당 당면해야 할 순간처럼 모든 화살을 B사로 전부 돌렸다. 그리고 맹렬히 공격을 퍼붓기 시작했다.

나는 아무도 없는 허공에 대고 소리를 질렀다.

"뭘 그렇게 잘났어?"

도대체 B사가 뭘 그리 대단하단 말인가. 세계 최고의 광고 회사라도 되나? 그렇지 않지만, 설령 그렇다 쳐도 꼴 보기 싫었다. 생색이란 생색은 다 내는 그 꼴. 야근 수당은 한 번도 챙겨 주지 않는 주제에 휴가 하루 쓰는 것도 눈치 보게 한다. 추가로 근무한 시간까지 다 따지면 최저 시급도 못 받고 일하는 건데 말이다!

그동안 켜켜이 쌓인 감정들이, 나도 내 안에 있는지 몰랐던 분노가 별안간 모습을 드러냈다. 한번 폭발하니 B사에 대한 불만이 마구잡이로 튀어나왔다. 치미는 화를 주체 못 하고 근처에 있는 방석과 베개를 집어 던졌다. 그런데도 분이 풀리지 않았다.

틀림없이 나는 광고에 무지했다. 광고에 대해 무한한 자부심을 안고 살아가는, 그리고 똑똑한 B사의 직원들과 잘 어울릴 수 없는 건 어찌 보면 당연한 이야기였다. 그런데 뭐. 뭐 어쩌라고?

그런 나를 뽑은 건 결국 B사의 직원들이 아닌가. 나는 재

벌 3세이거나 든든한 뒷배가 있거나 해서 회사에 쳐들어온 낙하산이 아니다. 차라리 그랬다면 덜 억울하기라도 하지. 입사 전, 그들이 요구하는 시험에 성실히 응했고 그들이 원하는 대로 내 밑천을 드러냈다.

내가 광고 전공도, 관련 동아리 소속도 아니라는 건 이력서만 봐도 알 수 있었을 것이다. 그런데도 서류 합격시킨 건 그들이었다. 내가 제출한 포트폴리오를 보더라도 알 터였다. 광고 작업물보다는 예술 창작물 위주로 제작해 왔다는 사실을. 난 광고 경험이 짧은 걸 숨기지 않았다. 하지만 나를 B사로 부른 건 그들이었다.

서류 전형 다음에 치른 필기시험에서도 마찬가지였다. 내 아이디어가 어떤 식으로 굴러가는지 분명 그들은 알 수밖에 없었으리라. 숙련된 광고인의 아이디어라기보다는 지극히 일반인다운, 그래서 어색하고 날 것 그대로인 아이디어임을 광고업계에서 한자리 차지하는 그들이 과연 못 알아차렸을까? 바보도 아닌데 그럴 리 없었다. 무엇보다 면접장에서 나는 다 말했다. 나 원래 광고 배우지 않았다고. 그냥 좋은 광고 만들고 싶어서 온 것뿐이라고!

나를 검증할 단계는 수없이 많았고, 그건 다시 말해 나를 걸러낼 순간도 수없이 많았다는 이야기다. 난 거짓말하지 않았는데 그런 나를 뽑은 건 끝내 저들이니 나는 아무런 잘못도 저지르지 않았다. 오히려 저들이 내게 잘못을 저질렀다.

이렇게나 사람 미치게 만드는 회사라는 걸 왜 미리 알려 주지 않았는가. 언론이나 강연에 많이 출연하셨던데, 왜 그런 공공연한 장소에서 고지하지 않았냐는 말이다.

'저희는 일 잘 못 하는 인턴은 무시합니다. 여차하면 팀에서 내보낼 거예요. 그러니 실력 좋은 인턴만 오십시오.'

이 몇 마디만 해 줬더라면 난 내 분수를 깨닫고 오지 않았을 것이다. 그러면 B사는 나보다 월등히 뛰어난 인턴을 구했을 테고, 나는 H 대학원에 진학해 모자란 공부를 더 했을 것이다! 모두에게 해피엔딩이었다.

애당초 B사의 사람들은 인턴에게 왜 이리 바라는 게 많단 말인가. 인턴에게는 책임감 정도만 요구하면 될 일 아닌가. 왜 자꾸 그 이상을 바라며 야근을 강제하는 거지? 정규직 전환형도 아닌, 6개월짜리 유통기한을 지닐 뿐인 체험형 인턴인데 참 알뜰하게도 사용하신다.

문득 B사의 모습이 모순적으로 느껴졌다. 그간 '처음이어도 괜찮아', '모든 사람은 빛나니까', '언제나 당신을 응원합니다' 따위의 아름다운 카피를 자주 썼던데, 부디 행동도 그리 해 줬으면 했다. 처음인 사람은 잠시 기다려 줘도 되지 않는가. 무지한 사람은 좀 가르쳐 줘도 되는 게 아닌가. 왜 이렇게 사람 숨 막히게끔 한계까지 몰아붙이는 걸까. 이해할 수 없었다.

그렇지만 동시에 어느 정도는 이해할 수 있었다. 나는 B사

에서 일하면서 광고업의 특성을 어렴풋이나마 깨달아 가고 있었다.

광고대행사는 몹시도 치열한 곳이다. 광고주로부터 프로젝트를 수주해야만 생명이 연장되는 집단이다. 명망 있는 광고 회사일지라도 새로운 광고를 계속해서 만들지 못하면 폐업 절차를 밟는다. 광고대행사라면 꾸준히 참가해야 하는 경쟁 PT에 적지 않은 시간과 돈이 든다. 하지만 결국 선정되는 대행사는 단 한 곳뿐. 탈락한 나머지 회사는 투자한 시간은 물론이요, 돈을 돌려받을 길이 요원하다. 많은 광고주가 리젝비*를 따로 주지 않기 때문이다.

그래서 2팀을 나가게 된 순간부터 이해했던 것 같다. '여기 인턴 한 명의 미숙함을 인내할 수 없을 만큼 치열한 업계구나, 내 퇴출은 어쩔 수 없는 거구나.'라면서. 그렇지만 화를 참을 수 없었다. 사정을 이해하는 것과는 별개로 그들에게 분노가 치미는 것도 사실이었다.

화를 내리 내니 힘이 쭉 빠졌다. 가슴팍의 들썩임이 잦아들 즈음 근처 의자를 끌어다가 앉았다. 앞머리를 헝클어트리며 맺힌 땀을 털어 냈다. 조금 개운해진 머리로 이번에는 의미 없는 욕설이 아닌 생산적인 사고를 떠올려 보기로 했다.

결국, 내게 남은 선택지는 두 가지였다. 퇴사하든가 아니면

---

* reject fee, 입찰 탈락 시 주어지는 보상금.

버티든가.

　B사를 다니면서 취업을 준비하는 건 말도 안 되는 짓이었다. 해 보니까 알겠다. 중도 퇴사하고 지원서를 넣는 게 더 효율이 높을 것이다. 그게 아니라면 버티는 방법이 있었다. 이제 남은 근무 기간은 2개월 2주. 계약 기간의 절반 이상을 건너온 셈이었다. 짧지는 않지만 길지도 않았다. 게다가 중도 퇴사한다면 B사의 인턴 경력은 이력서에 쓸 수가 없었다. 함부로 적다가는 인턴 경력이 왜 이리 짧고 애매하냐는, 곤란한 질문이 면접장에서 날아올 것이다. 이에 '힘들어서 중간에 나와 버렸어요!'라고 해맑게 답할 수는 없는 노릇이었다. 그 점을 생각하니 중도 퇴사는 아쉬운 결정 같았다. 그렇다고 해서 버텨야겠단 결론을 쉽사리 내릴 수도 없었다. 어쨌거나 나는 이 인턴 생활이 지옥 같았으니까.

　답이 안 나오는 이 두 가지 선택지를 두고서 나는 고민에 빠졌다. 고민하는 동안 다른 회사에 지원서를 더는 넣지 않았다. 구직 사이트에도 들어가지 않았다. 다시 B사 업무에만 충실한 나날을 보냈다. 그렇게 이 주일이 흘러갔다. 어느덧 6월 말이었고, 며칠 후면 7월이었다. 이제 B사 계약 기간은 대략 2개월 남았다. 곧 다른 팀으로 옮겨야 하는 시점이기도 했다. 난 고민 끝에 결정을 내렸다. 이 2개월을 버티기로.

　사실은 뒤도 안 돌아보고 도망치고 싶었다. 사직서를 냉큼 제출하고 내가 좋아하는 것들만 가득 담은 짐을 들고서 무작정 고향으로 내려가고 싶었다. 누구도 나를 할퀴지 않고, 탓하지 않는 그 안락한 보금자리로. 습관적으로 먹는 우울증약도 다 끊어 버리고 차에 치이고 싶단 상상도 다 그만둬 버리고. 그렇다면 얼마나 행복할까.

하지만 알고 있었다. 그렇게 하면 당장은 좋을지 몰라도 앞으로 얼마나 될지 모르는 긴 시간 동안 괴로워하리라는 걸. 6개월도 못 버틴 낙오자라고 자신을 비난하려 들겠지. 그때는 모든 화살을 B사가 아닌 내게 오롯이 돌릴 것이다. 나는 본래 자신을 아끼기보다 상처 주는 일에 더 특화된 사람이므로.

자기 자신을 깎아내릴 여지는 애초에 남기지 않기로 했다. 고작 6개월짜리 인턴 생활로 인해 패배감으로 얼룩진 일상을 보내기에는 좀 억울하지 않은가.

또한, 오기도 새로이 생겼다. 2주간 생각을 많이 했다. 광고란 무엇인지, 어떤 아이디어가 대체 좋은 건지, 어떻게 하면 제 몫을 다하는 광고인이 될 수 있는지…….

저 질문들에 대한 답을 아직 다 내리지 못했으나 영영 못 낼 것도 없지 않나 싶었다.

'광고, 그까짓 게 뭐라고.'

이런 심정이 들었던 것 같다. 결국, 광고는 사람이 만드는 것이다. 불가능한 영역이 아니란 이야기다. 나도 사람이고, 나도 할 수 있는 영역이다. 그러니 버티기로 했다. 끝까지 버텨내 그 광고란 게 대체 뭔지 알아내야겠다고 결심했다.

쓸모 있는 인턴으로 변신!

7월, 완연한 여름이다. 나는 4팀을 나가 다음 팀이자 마지막 팀인 제작 5팀으로 소속을 옮겼다.

제작 5팀은 지금까지 있던 팀 중에서 가장 인원수가 많은 팀이었다. 그래서 일이 적지 않을까 싶었지만 웬걸 전혀 아니었다. 놀랍게도 지금까지의 팀 중에서 제일 업무량이 많았다! 팀원 수가 많은 만큼 PT 건을 빈번하게 받아오기 때문이었다. 나는 5팀에 온 첫 주부터 야근했다. 마지막 팀에서까지 일복이 넘치게 생겼다. B사 인턴 4개월 차는 이 운명을 겸허히 받아들이며 새벽 택시를 익숙하게 불렀다.

야근은 물론이고 지금껏 한 번도 해 본 적 없는 주말 출근도 5팀에 오고 난 뒤로 하게 됐다. 다른 인턴 동기들이 나 보고 괜찮냐고 자주 물어보았다. B사의 인턴이라면 빠짐없이 다 야근하기에 누가 누굴 챙겨 주고 걱정해 줄 만한 입장들이 아니었다. 그런데 내 안부를 물을 정도니 확실히 이전과는 차원이 다르게 내가 바삐 지내기는 한 모양이었다.

5팀의 일이 많은 것도 있지만 실은 내가 자처해서 일을 더 늘리는 면도 없잖아 있었다. 출퇴근길 지하철에서 가만히 있지 않았다. 기획팀에게 전달받은 OT 브리프 종이를 붙들고 계속 훑어봤다. 너덜너덜해질 때까지 읽고 또 읽었다. 어쩌다 가끔, 운 좋게 정시에 퇴근해도 쉬지 않았다. 집에서 노트북을 켜고 아무도 시키지 않은 작업을 자발적으로 하기 시작했다. 러프 콘티를 그리고 생각해 둔 아이디어를 PPT에 정리했다. 자기 직전 침대 위에 누울 때는 예능 방송이 아니라 외국 광고를 감상했다. 자는 시간을 뺀 나머지 시간을 몽땅 광고에 투자했던 것 같다.

그렇게 지나칠 정도로 업무에 몰두하는 나날을 보냈다. 그리고 그런 나를 자꾸 신경 써 주는 이가 있었다. 5팀의 차장님이었다. 그는 콜린 퍼스가 연기한 〈킹스맨〉의 '해리 하트'처럼 테가 두꺼운 안경을 쓰고 다녔다. 내가 〈킹스맨〉을 좋아해서 그런지 그의 안경을 보자마자 해당 영화의 주인공을 떠올렸다.

〈킹스맨〉의 해리 하트를 닮은 5팀의 해리 차장님(편의상 이리 명명하겠다)은 B사에서 지금껏 겪어 보지 못한 유형이었다. 그는 내 상사이고 직급도 높았지만, 마치 나를 오래 알고 지낸 후배나 제자처럼 친근하게 대했다. 내가 점심을 거르고 일하고 있으면 먹을거리를 건네주며 "쉬엄쉬엄해."라는 말을 덧붙이곤 했다. 내가 기어이 실수를 저지른 날에는 심하게 다그치기보다 "으이구." 구수한 소리를 내면서 수습할 수 있게

끔 도와주었다. 아낌없이 도와주는 나무와도 같은 태도였다. 사실 내가 5팀에 온 첫날부터 해리 차장님의 태도는 줄곧 그러했다. 5팀으로 자리를 옮기고 해리 차장님과 처음 만난 날, 그는 대뜸 선언하듯 이런 말을 꺼냈다.

"내가 우 인턴 좀 잘 챙겨 줘야겠다."

다소 뜬금없지만, 호감 어린 말에 기분 나빠할 사람은 없으리라. 당시 나는 감사하다고 말하며 웃었다. 그러면서도 울적함을 느꼈다. 이렇게 말한 사람을, 언젠가 실망하게 할까 봐 두려웠다. 해리 차장님 얼굴 위로 4팀의 목 사수님의 모습이 스쳐 지나갔다. 빈말이겠거니 하며 해리 차장님 말을 일부러 한 귀로 흘려버렸다.

그러나 그대로 흘려버릴 수 없도록 해리 차장님은 정말 나를 많이 그리고 잘 챙겨 줬다. 나는 차장님의 챙김을 받을 때마다 꾸벅 고개를 숙였지만, 속으로는 그의 다정한 미소 이면에 무엇이 서려 있는지 파악하려 들었다. 지금은 참고 있는 걸지도 모른다고, 언젠가는 나를 몰아붙일 거라고, 모두가 있는 앞에서 내게 실망스럽다고 말할 거라고, 그런 생각들을 하며 예의주시했다. 주머니 속 약도 꼬박꼬박 챙겨 먹으면서 미리 단단하게 마음을 무장했다.

하지만 무장한 것도 무색하게 아무리 시간이 흘러도 해리 차장님의 태도는 달라지지 않았다. 오히려 칭찬과 조언만 더 늘 뿐이었다. 다그치지 않는 것만으로 나는 빳빳하게 굳은 자세를 풀 수 있었다. 날카로운 피드백 또는 강압적인 분위기를 통해 빠르게 성장하는 이도 분명히 있을 것이다. 하지만 나는 그런 강인한 잡초 같은 부류는 아니었다. 충분한 물과 햇살이 주어져야만 비로소 고개를 드는 부류였다.

어느 순간, 작업 속도가 빨라졌다. 전보다 능숙하게 업무를 처리할 수 있게 되었다. 회의 시간에 발표할 때 비판이 쏟아질 일이 더는 없었다. 도리어 내 아이디어가 뽑혀 광고주 제안서에 들어가는 경우가 빈번해졌다. 역할도 새로이 주어졌다. 작가님께 발주 넣을 러프 콘티의 일부를 내가 그리게 된 것이다.

"진우 씨는 워낙 일 잘하잖아요."

언젠가 5팀의 대리님이 내게 이런 말을 건넨 적이 있었다. 당시 나는 내 두 귀를 의심했다. 내가 이해할 수 없는, 불가사의한 소리라도 들은 듯했다. 다시 말해 믿기지 않았다는 이야기다. 그러면서도 희망이 눈치도 없이 빼꼼 고개를 내밀고는 내게 말을 걸었다. '이번에는 정말로 쓸모 있는 인턴이 된 거 같지 않아?'라고.

'그러지 말아야지.'

'자중해야지.'

'기분 탓이겠지.'

아이유도 아닌데 3단 콤보로 자신을 타일러 보았다. 섣부른 생각을 가진 걸까 봐 걱정됐다. 그러나 이미 머릿속에는

확신이 들어서 있었다. 이건 기분 탓이 아니라는 것을. 해리 차장님을 포함한 5팀 사람들의 태도가 다른 팀과는 확연히 달랐다.

분명 5팀은 지금까지의 팀 중에서 가장 업무가 많고, 그래서 미친 듯이 바쁜 팀이었지만, 그럼에도 불구하고 가장 편안하게 보낼 수 있는 팀이었다. 어느 틈에 단단히 무장했던 마음이 흐물흐물 풀어지게 되었다. 난 조금씩 내 본래 모습대로 행동할 수 있었다.

그렇게 보내던 어느 날이었다. 제안서에 넣었던 내 아이디어가 광고주로부터 최종 채택되었다는 소식이 들렸다. 시안에 그치는 게 아니라 실제로 만들어지게 된 것이다. 내가 밤새 고안하며 짰던 아이디어가 바로 광고로 말이다.

나도 언젠가 누군가의 용기가 되고 싶다

　그 뒤로 일은 빠르게 진행됐다. 출연 배우들을 최종 선정했다. 광고 영상을 찍을 장소와 날짜도 정해졌다. 눈 깜짝할 새 정리됐고, 이제 촬영만 하면 되는 상황이었다.

　"네가 만든 광고잖아. 감상은 어때?"

　본격적인 촬영을 앞두기 전에 으레 하는 PPM*을 무사히 마친 뒤였다. 해리 차장님이 내게 슬쩍 물어봤다. 과분한 칭찬에 나는 그저 쑥스럽게 웃기만 했다. 정말이지, 과분했다.

　아이디어의 단초는 내가 낸 게 맞지만 오롯이 내가 만든 광고라고는 할 수 없었다. B사 내부 회의뿐 아니라 프로덕션, 광고주와의 회의까지 거친 뒤 모두의 의견이 더해졌고 결국 메인 콘셉트를 뺀 나머지 내용은 처음과 많이 달라진 상태였다. 그 사실을 업계 베테랑인 해리 차장님이 모를 리 없었다. 그런데도 그는 끝까지 이건 내 광고라고 치켜세워 주었다.

　B사에 온 지 6개월이 다 되었다. 이 지옥 같던 인턴 생활

---

* pre production meeting의 줄임말. 광고 촬영 전, 광고주와 제작사가 최종적으로 촬영 세부 계획을 조율하고 점검하기 위해 갖는 미팅을 의미한다.

이 언제 끝나나, 대체 끝나기나 하나 의아해했는데 어느새 결승점이 눈앞에 보였다.

근무 마지막 주, 송별회가 열렸다. 그 자리에서 5팀 사람들에게 수고했단 말을 넘치도록 들었다. B사를 떠나기 전에 이런 말을 듣기도 했다.

"너처럼 잘하는 인턴, 그동안 별로 본 적 없어."

"에이."

"진짜라니까."

4팀의 목 사수님이 전에 말했던 "너 같은 인턴 처음이야."와 비슷한 문장이지만 그 속뜻은 그때와 완전히 달라져 있었다. 나는 겸손한 척을 그만두고 웃어 보았다. 아주 오랜만에 지어 보는 꾸밈없는 미소였다.

그렇게 내 두 번째 회사 생활은 끝이 났다. 광고대행사 B사에서 퇴사하며 깨달은 건 많았다.

가장 먼저 깨달은 건, (끝이 좋을지언정 어쨌거나) 나는 광고업과는 맞지 않는 사람이란 것이다. 실력만을 이야기하려는 건 아니다. 전반적으로 다 잘 안 맞았다. 경쟁할 수밖에 없는 시스템과 그에 따라 요구되는 고된 근무 환경, 또는 시시각각 급변하는 일정 등 일체가 내 취향이 아니었다. 그리고 이건 뒤늦게 인지한 건데, 아무래도 나는 광고를 통해 창작 활동을 하고 싶었던 모양이다. 자본주의의 꽃이라고도 불리는 광고를 왜 개인 고유의 예술 창작물처럼 여겼던 걸까.

광고를 바라보는 외부인의 시선과 내부인의 시선이 다르다는 점을 인턴 생활 중후반에 이르러서야 알 수 있었다. 나는 광고대행사에서 인턴을 하면서도 꽤 긴 시간 동안 외부인의 시선으로 일하는 오류를 범했다.

그리하여 깨달은 두 번째 사실은 사람은 생각보다 단기간 내에 달라질 수 없다는 점이었다. 밤을 새우든, 일만 하든 아무리 노력을 쏟아부어도 말이다.

중견기업 면접 직후 치밀었던 오기는 사실 분함과 닮아 있었다. 나는 나보고 못하다는 사람들을 향해 약이 잔뜩 올라 있었다. 너희가 얼마나 잘났는지 두고 보자 하는 심경으로 미친 듯 광고에만 열중했지만 안타깝게도 인턴 초반이나 지금이나 나는 별로 달라진 것이 없었다.

물론, 인턴 생활 초반의 평가와 종반의 평가는 극과 극으로 달라지긴 했다. 그래서 마치 내가 혜안을 얻어 180도 달라진 것처럼 보이지만 한걸음 뒤로 물러서서 관찰하니 도취를 걷어낸 본질이 눈에 들어왔다. 나는 그대로였다. 그저 전보다 시야가 조금 넓어진 것뿐이었다. 광고를 전혀 몰랐던 시절에서 벗어나니, 외부인에서 내부인으로 관점을 옮길 수 있었고, 그로 인해 어떤 요소가 광고에 적합하고 적합하지 않은지 가를 정도의 식견이 생긴 것이다. 이렇게 생각하게 된 이유는 2개월 전 스스로 던진 질문들에 대한 답을 아직 찾지 못했기 때문이다.

'광고란 무엇인지, 어떤 아이디어가 대체 좋은 건지, 어떻게 하면 제 몫을 다하는 광고인이 될 수 있는지.'

진정한 성장을 이뤘다면 답을 다 내놓을 수 있지 않았을까. 수험 공부하듯이 매달려 보아도 모르는 건 끝내 모르는 것이었다. 다만 이것만큼은 알 수 있었다.

2개월 치의 이해만으로 사람은 용기를 낼 수 있는 거구나. 이것이 내가 세 번째로 깨달은 점이었다.

대단히 성장하지도 않은 나를 어째서 해리 차장님은 다른 이들과는 유독 다르게 대해 줬을까? 짜증도 안 났을까? 회사는 부족한 이를 가르치고 이끌어 주는 학교가 아님을 알고 있지만 그의 태도는 B사가 회사임을 잠깐 잊게 할 정도였다.

일화 하나가 생각난다. 5팀으로 막 소속을 옮긴 무렵이었다.

휴게실에 가기 위해 엘리베이터 앞에 서 있었는데 타 팀 사람과 우연히 마주치게 되었다. 함께 엘리베이터를 기다리며 짧게 대화를 나누었다. 새로운 팀인 5팀은 어떤지, 거기서 잘 적응하고 있는지를 그는 물었다. 잇따라 못되게 구는 사람은 없는지, 농담과 같은 물음을 던지기도 했다. 나는 고개를 저으며 해리 차장님 이야기를 꺼냈다. 차장님 덕분에 잘 지내고 있노라 말하니 그는 바람 빠진 웃음소리를 잠시 냈다.

"그 친구가 원래 좀 그렇지. 인턴 잘 챙겨 주기로 유명하거든. 인턴계의 아이돌, 여전하네."

그의 미소에는 비웃음이 들어 있지는 않았으나 신비로운 전래 동화라도 들은 것처럼 감탄이 섞여 있었다. '그 친구 참 유난이라니까.'라는 식의 생각도 읽었다면 내가 과민한 탓일까? 어쨌든 당시엔 그로부터 그런 인상을 받았다.

사실 그가 해리 차장님을 인턴계의 아이돌이라 칭하면서 신기하게 보는 건 당연한 걸지도 모르겠다. B사는 매년 적지 않은 인턴을 뽑고 있었고 B사의 직원들은 인턴의 존재에 대해 충분히 무감해질 수 있는 상황이었다. 특정 기간에만 회사에 짧게 머물다 사라질 이들에게 꾸준하게 관심과 공감을 가지기는 어려울 터. 나 같아도 그랬을 것 같다.

그래서 B사 직원과 나 사이에 그어진 경계선을 분명히 납득했다. '우리 사이에는 보이지 않는 선이 있구나. 그 선은 마치 레이저 선처럼 눈부시고 강렬해 나의 하찮은 노력은 어쩔 수 없이 홀로 사그라지고 있구나.'라고 생각해왔다.

하지만 해리 차장님은 달랐다. 나를 나로서 바라봐 주었다. 진심으로 이해하고자 노력했다. 어리숙하고 부족하고 실패도 많고, 하지만 열심히 하려는 한 팀원으로서 말이다. 그렇기에 나는 용기를 낼 수 있었다. B사에서 남은 2개월 동안 경계선 앞으로 성큼 내디딜 수 있었다. 그리고 그간 생각해 보지 않았던 주제를 생각하게 되었다. 바로 나는 앞으로 어떤 직장인이 될 것인지에 대해서였다.

B사를 다니는 동안 나는 늘 눈앞의 일에 매몰되어 있었다.

미움을 덜 받는 인턴이 되는 것이 급선무였고 그걸 이루기 위해 하루하루 바쁘게 지냈다. 앞으로 어떤 능력을 키울 것이고 무슨 경력을 쌓을 것인지, 그런 식으로 먼 훗날 일을 생각하기에는 시간적으로나 심적으로나 여유가 없었다. 그런데 해리 차장님을 만나고 나서부터 나는 조금씩 여유를 되찾았고, 그에게 용기를 얻을 때마다 종종 내 앞날을 그리게 되었다. 만일 내가 어딘가에 취업하고 경력을 쌓고 더는 사회초년생이 아니게 된다면 어떨까라고. 어쩌면 내 밑으로 후배 직원이 여럿 생길 수도, 혹은 대학교를 갓 졸업한 인턴과 함께 일할 수도 있겠다. 그날이 언제가 될지 모르겠고 과연 올지도 모르겠지만, 온다면 부디 그때의 모습이 해리 차장님을 닮기를 바란다. 나도 언젠가 누군가의 용기가 되고 싶다.

그러니까 지난 6개월간의 B사 생활은 광고보다 사람에 대해 더 배우는 시간이었다. 사람 때문에 울고 웃던 나날. 계약 기간 절반가량을 울면서 지냈던 것 같은데, 그래도 마지막에는 좋은 사람을 만나 웃으면서 떠날 수 있어서 다행이다. 그것만으로 이 6개월에 의미가 생겼다.

나도 언젠가 누군가의 용기가 되고 싶다

주변 식당 ★★★

사내 식당은 없었지만, B사 주변에 유명한 식당이 많았다. 태반이 어디 방송에 나오거나 어느 인플루언서가 들렀다는 곳이었다. 의도치 않게 B사에 다니면서 미식하는 생활을 보냈다. 입맛이 점차 고급스러워지는 기분이었다. 다만 단점으로는 음식 가격이 대체로 비쌌다는 점이다. 가뜩이나 식비 제공을 따로 해 주지 않아서 점심, 저녁을 회사 주변에서 해결하기가 부담스러운 상황이었다. 때에 따라, 먹고 싶은 음식보다 저렴한 음식을 골라 주문하곤 했다.

시설 ★★★

두려워했지만 회의실이 좋긴 했다. 여러 가지 간식거리가 있는 휴게실 또한 좋았다. 자주 애용했다.

복지 ★

A사 때보다도 없었던 것 같다. 특히 야근 수당.

장비 ★★★

기본 장비는 다 지급받았다. 큰 불편함 없이 작업할 수 있었다.

사내 분위기 채점 불가

내 인턴 생활은 극과 극을 달렸으므로 별점을 남기기가 어렵다.

뇌종양이라니!

B사에서 퇴사한 뒤 나는 더는 신경안정제를 찾지 않게 되었다. 숨 막히게 하는 회의실은 이제 보이지 않았으며 차도를 볼 때마다 일어났던 기묘한 상상력은 어느 순간 힘을 잃었다. 그러니 병원에 또 갈 이유는 없었다.

너무 급격하게 이뤄지는 회복 과정에 사실 기분이 좋다기보다 묘했다. 내 우울증의 지분에서 B사가 차지하는 비율이 높다는 건 이미 알고 있었다. 하지만 그냥 높은 게 아니라 순도 100%의 지분율을 차지하는 줄은 미처 몰랐다.

'내가 우울증에 걸린 건 복합적인 이유에 의해서가 아니라 순 B사의 탓이구나. 정말이지, 참으로 멍멍이 같은 회사로구나……'

심상치 않은 회복 속도를 느끼며 새삼스럽게도 B사를 못마땅하게 여겼다. 아무리 그곳에서 배운 게 많을지라도 말이다.

하여간 B사 퇴사 이후, 예전의 취업 준비생 모습으로 원상복귀한 나는 열심히 채용 공고를 뒤적거리는 나날을 보냈다. 이번에는 본격적으로 취업을 준비하기 위해 두 개의 스터디에 들어갔다. 하나는 인·적성 스터디였고 나머지 하나는 면접 스터디였다.

많은 취업 준비생이 있는 카페와 오픈 카톡방에서 스터디 인원을 구했다. 얼굴 한 번 본적 없는 이들과 메시지를 주고받고 연락처를 교환하고 약속을 잡았다. 성격이 내향적인 편이라 생판 타인을 만나는 일은 불편했지만, 취업 앞에서는 불편하고 뭐고를 따질 처지가 아니었다. 천성을 바꿔버릴 만큼 취업이 절박했다. 그렇게 나는 초면인 사람들과 약 3개월간을 강남역 근처 스터디룸에 모여 함께 취업 준비를 했다.

스터디의 효과와 B사의 인턴 경력이 추가된 이력서의 조합으로 예전보다는 확실히 서류 합격률이 올라갔다. 그렇다고 해서 어떤 회사든 다 통과하지는 못했다. 수없이 지원했던 이력서 중 절반 이상은 떨어지고 일부만이 합격했다. 그 일부 중 인·적성과 1차 면접까지 힘들게 통과한 회사가 딱 세 곳이었다. 최종 면접을 보는 걸 용케 허락받은 회사가 세 군데였다는 거다. 그마저도 일정이 겹쳐서 한 군데의 최종 면접은 포기했다. 기회는 단 두 번밖에 주어지지 않았다. 그래도 이 관문만 넘으면 된다는 생각에 열심히 임했다. 하지만 끝내 두 회사 다 최종 탈락했다.

그 이후 나는 종일 침대에 누워 있었다. 같은 시간에 일어나고 잠드는 과정이 어려웠다. 베개에 머리만 대면 잘 수 있었던 내가 불면증이 무엇인지 처음으로 알게 되었다. 거듭

된 실패에 뭘 더 해야 할지 알 수 없었다. 무기력한 일상을 보냈다.

그러던 어느 날, 불현듯 이런 생각이 떠올랐다.

'생리, 계속 안 하고 있었네?'

B사에서 퇴사하고 나서 정신 건강은 나아졌지만, 몸 건강은 그렇지 못했다. 취업 준비로 그간 바쁘게 보내느라 크게 건강에 신경을 못 쓰고 있었다. 솔직히 몸의 재생 작용을 다소 자신했던 것도 있었다. 내가 별 노력을 기울이지도 않았는데 우울증이 절로 쾌차하니, 과도한 믿음이 자랄 법했다. 좀 더 시간을 두고 기다리면 되지 않을까 싶으면서도 고향 집 근처의 산부인과 병원에 전화를 걸었다. 어차피 면접에 다 떨어져서 할 일도 없는 상태였다. 그러니까 병원 진료를 예약한 건 생리 중단에 대한 구체적 원인을 알아보기 위함이지, 내 몸 상태에 대해 심각한 경각심이 들어서는 아니었다.

병원 진료를 기다리는 사이, 한참 전에 지원했던 스타트업 C사에서 연락이 왔다. 1차 서류 전형에 통과했으니 2차 면접을 보러 오라는 연락이었다. 작년에 이미 한 번 서류 전형에서 떨어진 곳이라 면접에 불리리라 예상치 못했다. 기쁜 마음으로 옷장 속에 넣어둔 정장을 다시금 꺼내 입고 면접장으로 향했다.

C사 면접 분위기는 순탄했다. 날아오는 질문 대부분이 내가 입사 후 무얼 할 수 있는지에 대한 내용에 초점이 맞춰져

있었다. 마치 이미 합격을 염두에 둔 것처럼 말이다. 집으로 돌아오는 길에 붙을 것 같다는 예감이 들었다. 그 예감대로 얼마 지나지 않아 최종 합격 문자를 받았다. 오랜만에 찾아온 성공이었다.

다만 한 가지 아쉬운 건 이 회사에 지원한 자리 또한 정규직이 아니라 인턴직이란 것이었다. 물불 가릴 처지가 아니었으나 또다시 인턴을 해야 하는 상황에 기쁨을 온전히 느끼기가 어려웠다. 게다가 이번에는 단순 체험형이 아니라 '정규직 전환형'이었다. 평가까지 받아야 하니 부담감이 컸다. 그런 와중에 내년 1월 초로 C사 입사가 확정되었다. 입사 날까지 남은 시간이 별로 없었다. 디자인 공부를 최대한 많이 해야겠다는 생각으로 머릿속이 가득 찼다. 건강에 관한 생각은 벌써 희미해져 있었다.

시간은 빠르게 흘러 연말이 다가왔고 본가로 내려갔다. 그리고 전에 예약해 둔 날짜에 맞춰 산부인과 병원을 찾아갔다. 의사에게 사정을 설명하고 초음파 검사를 진행했다. 의사는 별다른 이상이 보이지 않는다며 혈액 검사를 진행하자고 말했다. 호르몬 수치를 보고 이상이 생긴 점을 좀 더 면밀하게 파헤쳐 보자는 취지였다. 나는 별생각 없이 고개를 끄덕이며 혈액 채취를 위해 팔을 내밀었다.

그로부터 일주일 후, 12월 31일 오후 6시쯤에 전화가 왔다. 산부인과 병원 의사로부터였다.

"프로락틴* 수치가 너무 높아요. 검사 결과에서 나올 수 있는 최대 수치만큼 나왔는데, 이만큼 수치가 높다면 뇌하수체 종양을 의심해야 해요."

"……네? 뭐라고요?"

"뇌종양을 말하는 겁니다. 큰 병원에 가서 다시 검사받으셔야겠어요."

"네?"

"먼저 저희 병원부터 내원해 보시죠."

"네? 어…… 네. 네."

주로 '네' 소리밖에 안 했던 것 같다. 의사는 빠르게 본론을 말하고 전화를 끊었다. 나는 한참 동안 얼이 빠져 있었다. 왜 갑자기 뇌종양이란 단어가 튀어나오는 거지? 여기 산부인과 병원 아니었어? 그보다 프로락틴? 그건 또 뭐야?

30분간 정말 아무것도 안 하고 숨만 쉬며 앉아 있었다. 뒤늦게 정신을 차리고 해당 병원에 전화를 걸었다. 하지만 이미 의사는 퇴근한 상태였다. 연결 대기음만 계속 들을 수 있었다. 결국 핸드폰을 내려놓고 노트북을 열었다. 두려우면서도 황당한 마음으로 나는 프로락틴이 대체 무엇이고, 뇌종양이 어떤 병인지를 인터넷을 통해 알아봤다. 한 해의 마지막 하

---

* 뇌하수체에서 분비되는 호르몬.

루를 검색만 하며 보냈다. 한 번도 겪어 본 적 없는 연말이었다. 최악이었다.

1월 1일 새해를 맞이하고 나서도 조사는 계속되었다. 연초에는 그 어떤 병원도 문을 열지 않기에 어쩔 수 없이 스스로 알아봐야 했다. 포털 사이트에 검색하거나 뇌종양 관련 카페에 가입하면서 새롭게 알게 된 사실은 아래와 같았다.

- 프로락틴 수치가 300 이상이면 뇌하수체 종양일 가능성이 크다.
- 뇌하수체는 몸의 다양한 호르몬을 분비하고 조절하는 기관으로, 뇌하수체에 이상이 생기면 시야 장애가 생기거나 생리가 멈추거나 두통을 느낄 수 있다.
- 최근 먹은 약 때문에 수치가 높게 측정될 수 있는데 그때는 즉시 복용을 멈추고 다시 혈액검사를 해야 한다.
- 1cm 이하의 종양 크기를 미세 선종, 1cm 이상의 종양 크기를 거대 선종이라 부른다.
- 수술, 방사선 치료 등의 방법이 있지만, 거대 선종일 경우에는 수술로 진행하는 경우가 많다. 미세 선종은 보통 약물로 치료를 진행한다.

이 정도였다.

최근에 약을 챙겨 먹은 적은 없었다. B사에 다닐 때 주야장천 우울증 약을 먹기는 했지만. 설마 그때의 영향이 아직 남아 있어서 검사 결과가 안 좋게 나온 걸까? 그렇다고 해도 프로락틴 수치가 워낙 높은 편이라 안심할 수 없는 상태였다. 뇌에 종양이 있느냐 없느냐에 대한 확답은 결국 MRI 검사를 통해서만 얻을 수 있었다. 인터넷을 통해 알아보는 것으로는 한계가 있어 노트북을 껐다. 현 단계에서 내가 할 수 있는 건 온종일 뇌종양이 아니기를 바라는 일뿐이었다. 만약에 뇌종양이라고 해도, 대체로 수술한다는 거대 선종만은 아니기를 바랐다. 하지만 왜인지 모르게 드는 불안감에 결과를 듣기 전부터 뇌종양 센터가 있는 대학병원을 검색하고 전화번호를 저장해 두었다.

새해 다음 날, 산부인과 병원에 방문했다. 더 자세한 소견을 들을 뿐, 혈액 검사는 재시행하지 않았다. 일주일을 더 기다릴 자신이 없기 때문이었다. (정밀 혈액 검사는 결과가 나오기까지 약 7일의 시간이 소요된다.) 산부인과 병원에서 내원을 짧게 끝내고 곧장 동네 영상 전문 병원으로 가서 MRI를 찍었다. 대기 시간을 포함해서 2시간 정도 걸렸을까? 드디어 내 뇌에 대한 구체적인 결과를 들을 수 있었다.

"뇌하수체 종양이세요. 2.7cm 종양이 보이네요."

결국 뇌종양이었다. 또 하필 그토록 아니길 바랐던 1cm

이상의 거대 선종이기까지 했다. 수면 위로 떠오르는 실망과 절망을 겨우 가라앉히며 끄덕였다.

"알고 계셨나요?"

별 반문 없이 수긍하자 의사는 조금 놀란 눈치였다. 나는 힘없이 고개를 가로젓는 걸로 답을 대신했다. 아무리 전날, 인터넷으로 열심히 공부했다고 해도 어떻게 뇌하수체 거대 선종에 걸렸음을 확신하겠는가. 그렇지만 원체 내가 운이 좀 안 좋은 편이라서, 머피의 법칙이 또 발동한 거겠니 하며 의사의 진단을 쉽게 납득했던 것 같다.

귀가하는 길에 전날 미리 알아본 대학병원에 전화를 걸었다. 1개월 뒤에 진료받을 수 있다고 했다. 어쩔 수 없었다. 환자들은 많고, 뇌종양 센터가 있는 대학병원은 생각보다 그리 많지 않았다. 예약을 마치고 휴대전화를 주머니에 넣었다. 기어이 일어나고 만 불운에 나는 허공을 향해 무거운 숨을 뱉았다. 같이 병원에 온 엄마도 옆에서 말없이 한숨만 푹푹 내쉬었다.

귀가한 후, 기력이 다 빠진 나는 곧장 침대에 몸을 뉘었다. 잠을 자고 싶었는데 잠이 오지 않았다. 뇌종양 환자들이 모인 인터넷 카페에 머물면서 빈 시간을 보냈다. 주로 나와 사례가 비슷한 이들의 후기를 검색해 읽어 보았다. 어떤 사람은 수술 후 금방 완치되었노라 서술했고, 반면 어떤 이는 수술 이후 되레 병세가 악화하였노라 적었다. 상충하는 사연이 많았다. 견해도 분분했다. 뇌하수체 종양은 다 양성이다. 그렇지도 않다. 악성 판단을 받은 사례가 실제로 있다. 뇌종양 약을 먹으면 속이 다 뒤집힌다. 아니다. 요즘에 나온 약들은 부작용이 없다…… 등.

인터넷 카페에 머무는 시간이 길어질수록 생소한 의학 용어는 점차 익숙해졌지만, 품고 있는 불안감은 해결되기는커녕 오히려 두터워지기만 했다. 내 상태에 대해 감을 잡기가 더 어려워졌기 때문이다. 한없이 좋게 보려면 좋게 볼 수 있었고, 한없이 나쁘게 보려면 나쁘게 볼 수 있었다. 역시나 인터넷을 통해서는 한계가 있었다. 한시라도 빨리 대학병원에 가서 진료를 받아야만 했다. 내 주위에 의사 지인은 없나? 누구한테 소개받을 수 없나? 하루라도 진료 일정을 앞당기기 위해 부질없는 고민을 했다. 그만큼 마음이 초조했다.

밤새 뒤척였다. 자는 둥 마는 둥 하다가 이른 아침에 일어났다. 수면 부족과 신경과민으로 인해 머리가 깨질 듯이 아팠다. 침대에서 몸을 일으켜 거실 밖 베란다로 나가 고개를 숙였다. 창 너머를 멍하니 내려다보았다. 길거리에는 적지 않은 사람이 걸어 다니고 있었다. 정류장에 버스가 오고 그것을 타는 학생과 건널목을 건너는 이, 자전거를 타고 가는 아이, 그리고 핸드폰을 보는 모양인지 느릿느릿 걷는 검은색 롱패딩의 청년 등이 보였다. 평소와 다를 것 없는 풍경인데도 무언가 이질적으로 느껴졌다. 저 행인들과 내가 갑자기 구별

되는 기분이 들었다.

출근 전 뇌종양 약을 먹었다가 지하철 화장실에 달려가 전부 게워냈다는 이야기, 수술 후 부작용으로 인해 3년 뒤에 재입원하게 된 이야기……. 그게 내 사연도 아닌데 어쩐지 머릿속에 자꾸만 맴돌았다. 신경 줄이 얇아지는 순간순간을 여실히 느꼈다.

"일어났어?"

엄마도 잠을 설쳤는지 시간이 이른 데도 벌써 거실로 나왔다. 내 곁으로 다가오며 인사하는 엄마에게 다짜고짜 다른 말로 답했다.

"엄마, 나 곧 출근해야 해."

당장 나흘 뒤 C사 입사 날이었다. 엄마는 한참 아무 말이 없다가 물었다.

"넌 어쩌고 싶은데?"

나 역시 한동안 아무 말도 할 수 없었다. 침묵이 흐르는 동안 시선을 도로 창 너머로 던졌다. 이건 섣부른 이질감이라고 속으로 되새겼다. 긍정적으로 상황을 보자면 크기가 커도 내 뇌종양은 뇌하수체에만 머물러 있었다. 뇌하수체 종양은 대체로 양성이고, 그래서 착한 뇌종양이라고도 불리는 질환이었다. 그러므로 벌써 저 행인들과 나를 구분할 필요는 없었다. 악성도 아니고, 착하다고도 불리는 병에 걸린 나는 다시 일상으로 돌아갈 수 있다. 아니, 좀 더 명확히 표현하자면 돌아가야만 한다. 취업을 위해서라면.

"가야지, 회사."

의연히 말하려고 했으나 말투에는 체념이 섞여 있었다. 엄마는 나를 말리는 대신 침묵을 택했다. 엄마도 혼란스럽기는 할 것이다. 취업난은 여전히 심했고 대학교를 졸업한 지 1년이 다 되어가는 딸은 여전히 정규직이 되지 못했으니까. 그러니 쉬라는 소리는 그 누구라도 쉽게 할 수 없으리라. 설령 수술할 게 뻔한 상황을 앞두고 있을지라도.

며칠이 지나고 나서 나는 예정대로 행동했다. 고향에서 짐을 챙겨 다시 서울의 자취방으로 올라갔다. 그리고 합격한 C사로 출근했다. 이로써 세 번째 입사였다.

3.
이렇게 사는 게 맞을까?

스타트업 C사 입사와 퇴사

정규직 전환이라는 목표 앞에서……

세 번째 회사, C사는 스타트업이었다. 그곳에 나는 콘텐츠 디자인 직무의 인턴으로 입사하게 됐다. 스타트업이라고 해도 쌓인 사업 경력이 꽤 되었고 규모도 컸다. 게다가 유명세도 있어서 종종 언론으로부터 조명받는 회사였다.

광고대행사 B사에서는 인턴 동기가 한 자릿수에 불과했는데 여기는 두 자릿수를 기록했다. 입사 첫날, OT를 받기 위해 인사담당자의 안내를 받아 세미나실에 들어갔다. 문을 열자마자 사람들이 공간을 가득 메우고 있었다. 전부 C사 인턴들이었다. 저들은 내 입사 동기이자 정규직 자리를 두고 싸울 경쟁자였다. 든든함과 불안함, 이 어긋난 감정을 함께 느끼며 빈자리에 앉았다.

C사의 정규직 전환율은 대략 30%에서 50% 사이였다. 회사에서 공식적으로 내놓은 정보는 아니었지만, C사를 거쳐 간 전 인턴들이 남긴 후기에는 대체로 그렇게 적혀 있었다. 말인즉슨 절반 이상의 인턴이 떨어진다는 소리였다. 그 때문에 취업 사이트에서는 한때 C사가 입방아에 오르기도 했

다. 여긴 지원해 봤자 소용없다더라, 차라리 다른 곳에서 인턴 하는 게 낫다더라, 정규직 전환은 사실상 희망 고문이라더라……. 가뜩이나 뇌종양으로 편치 못한 마음이 그런 말들 때문에 더욱 심란해졌다.

C사 인사담당자도 해당 이슈를 의식하고 있던 모양인지, 본격적으로 오리엔테이션을 시작하기 전 전환율에 관한 이야기부터 꺼냈다.

"올해 C사는 작년과는 다르게 최대한 많은 인턴을 정규직으로 전환할 예정입니다."

긍정적인 소식이었으나 마냥 안심할 수는 없었다. 누군가가 손을 들고 전환율이 몇 퍼센트냐고 물을 때 인사담당자가 그건 팀마다 달라 확답을 줄 수 없다고 말했기 때문이었다. 사실 전원 합격이라고 말하지 않는 이상, 쉬이 기뻐할 수도 없었다. 오로지 한 명만 떨어진다고 쳐도 마찬가지였다. 그 한 명 안에 내가 들어갈 수 있었다.

이미 경쟁은 시작된 것이다. C사 건물에 발을 들인 순간부터 나는 모두의 평가 대상이 되었다. 그러니 정신을 차려야 했다. B사를 다닐 때보다도 더욱 치열한 모습을 보여야 했다. 하지만 행동은 그런 이성적이고도 논리적인 사고를 쫓아가지 못했다. 예전처럼 무작정 성실하게 회사에 다니기에는 내 머릿속엔 정체불명의 2.7cm 크기의 종양이 자리 잡고 있었다. 이건 내 일상을 뒤흔들 폭탄이 될 수도, 혹은 단순 해프닝으로 그칠, 그래서 술자리에서 심심풀이로 꺼내는 이야기의 소재거리로 남을 수도 있었다. 나는 오로지 후자의 가능성에 기대를 걸며 회사에 다녔지만 모든 게 부질없다는 생각을 떨칠 수 없었다.

그래, 요즘 나는 모든 게 부질없다고 느꼈다. 원래 운이 안 좋다며 내 뇌종양을 쉬이 받아들였지만, 돌이켜 곰곰이 생각해 보니 그 표현에는 어폐가 있었다. 본디 불운하다니. 그런 게 세상 천치 어디에 있나? 세상 모든 일을 행운과 불운으로만 요령껏 분류할 수 있다면 불운한 이는 기분은 거지 같아도 생각 없이 살기에는 퍽 편했을 것이다. 그냥 이뤄지는 일보다는 무슨 원인이 있어 이뤄지는 일이 더 많다는 이야기다. 그래서 나는 뇌종양이 있다는 진단을 받고 나서 며칠 뒤, 그 원인을 찾으려 들었다. 이곳저곳에 전화를 걸거나 방문해서 묻고 다녔다. MRI를 찍은 병원에서는 잘 모르겠다고 답했다. 산부인과 병원에서도 뇌종양의 원인이 워낙 다양해 모르겠다고 했다. 인터넷 의학 전문 사이트에 검색해 봐도 뚜렷한 원인을 찾기 어렵다고 명시되어 있었다.

탐색을 포기하려던 차, 우연히 두 개의 단서를 포착했다. 하나는 스트레스의 악영향, 다른 하나는 우울증 약의 부작용이었다. 스트레스를 많이 받으면 프로락틴 수치가 올라갈 수 있다고 했다. 또한, 특정 우울증 약에는 프로락틴 수치를 높이는 부작용이 있다고 했다.

이것만으로 확신할 수는 없지만 인과 관계가 뚜렷하긴 했다. B사를 다니면서 극심한 스트레스를 받았고, 우울증에 걸렸고, 그래서 우울증 약을 먹었고, 지속적인 스트레스 영향과 약의 부작용으로 인해 프로락틴 수치가 올라갔고, 끝내 뇌종양이 생겼다. 어떤가, 제법 깔끔한 인과성이 아닌가.

어쩌면 B사 입사 전부터 뇌종양이 있었을지도 모르겠다. 그렇다고 해서 B사와의 연결고리가 말끔히 사라지는 건 아니었다. 뇌하수체 종양의 대표적인 증상 중 하나가 생리 중단이었고, 그 현상을 B사에 다니면서부터 생전 처음 겪어 봤으니까. B사 재직 중 뇌종양이 새로 생겼든 아니면 뇌종양의 병세가 깊어졌든. 어쨌든 그 둘 중 하나에 속하는 건 명백했다.

이 사실을 알게 된 이후, 비로소 무언가가 잘못되었단 생각이 들었다. 지금까지의 행보를 새삼스럽게 뒤돌아보았다. 밥도 제대로 챙겨 먹지 않고, 일만 미친 듯이 하고, 신경 안정제를 시도 때도 없이 복용하며 초조함을 감추려고 했던 지난날에 의문이 들기 시작했다. 그렇게 사는 게 정말 맞나? 나는 정말 나를 위해 주며 살았던 걸까?

그 의구심은 현 상황에도 그대로 적용됐다. 스타트업 C사에 입사하고 나서 나는 야근을 밥 먹듯이 하게 됐다. 다만 B사만큼 가혹한 근무 태도를 요구받지는 않았다. 스타트업의 대표 제도 격인 '자율출퇴근제'가 C사에도 있었고, 그 제도로 인해 반드시 C사 사무실에 오래 앉아 있을 필요가 없었기 때문이다. 6~7시 이후면 알아서 귀가해 집에서 회사 일을 이어가면 될 일이었다. 이 얼마나 대단한 근무 환경인지!

퇴근 후 재택 업무를 할 수 있다는 장점이 C사의 모든 단점을 상쇄하지는 못했다. 과로는 결국 과로였다. 나는 주말에도 집에서 노트북을 켜고 회사 업무를 처리했다. 눈은 모니터에 고정되어 있지만 마음은 콩밭에 가 있었다.

방아쇠는 이미 당겨졌다. C사 인턴들은 레일 위의 선수처럼 맹렬히 달려 나갔다. 나도 정규직 전환이라는 골라인을 향해 한 발 한 발 내딛고 있었다. 아무리 바람이 거세게 불고, 내리쬐는 햇볕이 따가워도 멈춰서는 안 됐다. 뒤를 돌아봐서도 안 됐다. 뒤처지지 않기 위해서는 계속 달려야만 했다.

하지만 요새 나는 자꾸 멈칫했다. 달리는 속도를 늦추고 주위를 두리번거렸다. 앞만 보는 게 아니라 옆도 보고 뒤도 돌아보았다. 온 사방을 흘끔대면서 생각에 잠겼다. 내가 해야 할 바와 하고 싶은 바가 무엇인지를, 그리고 무엇이 더 중요한지를 생각하고 또 생각했다.

그런 나날을 보내니 한 달이 훌쩍 지나갔다. C사에서 남은 계약 기간은 이제 2개월이었다. 그리고 곧 대학병원 진료 날이었다.

일에 대한 열정보다 더 중요했던 것

한 달간의 긴 기다림이 끝났다. 예약 날, 오전 반차를 내고 대학병원으로 갔다. 예약 시간이 되자 담당 교수님의 진료실 안으로 들어갈 수 있었다. 드디어 진찰받는다는 기쁨을 온전히 느낄 새도 없이 교수님으로부터 충격적인 사실을 듣게 되었다.

"종양이 혈관을 타고 들어가서 수술은 못 해요. 잘못 건드리면 위험한 위치거든요. 우선 약이 잘 듣기를 바라 보죠."

한 달을 기다리면서 나름 여러 가지 답변을 상상했다. 당장 수술해야 한다고 말하면 나는 C사 인턴 생활이 끝날 때까지 미루겠노라 답할 생각이었다. 또, 수술 진행 방식에 관해 의견을 묻는다면 내시경 수술로 진행하고 싶다고 말하려 했다. 하지만 수술을 못 한다는 이야기는 전혀 예상치 못했다. 돌연 뒤통수에 한 대를 얻어맞은 듯했다.

충격에 아무런 반응 없이 앉아만 있었더니, 교수님은 뇌하수체 종양은 어차피 약이 잘 듣는 질병이니 벌써 걱정할 필요가 없단 말을 덧붙였다. 하지만 그런 긍정적인 말은 귀에 잘 들어오지 않았다. 오로지 머릿속에는 '위치가 안 좋다고? 그래서 수술이 안 된다고?'란 생각만 도돌이표처럼 맴돌았다.

처방전을 받고 나서 약국으로 걸음을 옮겼다. 그곳에서 호르몬 분비를 조절해주는 '커버락틴 정'이라는 약을 받았다. 양은 총 3개월 치였다. 3개월 뒤에 다시 대학병원에 들러 MRI를 찍기로 했다. 효과 유무를 살피기 위함이었다. 만일 다 복용했는데도 종양의 크기가 전혀 줄어들지 않게 되면, 약물 치료가 아닌 다른 치료 방법을 찾아봐야 했다. 나는 착잡한 심정으로 약 봉투를 매만졌다.

어느덧 반차를 낸 시간이 다 되어갔다. 나는 병원 근처에 있는 제과점에서 점심을 간단히 해결하고 회사로 가는 시내버스를 탔다. 휙휙 바뀌는 바깥 풍경을 물끄러미 관찰했다. 어쩐지 광고대행사 B사를 다니던 때가 생각이 났다. 정신과 병원에서 약을 처방받고 집으로 돌아가던 길은 지금과 같이 날씨가 화창했고 하늘이 푸르렀다. 다만, 생각하는 방식은 완전히 달랐다.

그때는 자동차 바퀴를 바라보며 현실도피를 하려 했다면, 또는 모든 인내심을 끌어올려 현실을 이겨내려 했다면 지금은 내 마음속을 들여다보기만 했다. 머릿속이 지끈거릴 때까지 나와 관련된 질문을 스스로 던지고 있었다.

내가 해야 할 바는 무엇일까? 이건 오래 생각하지 않아도 될 만큼 명확했다. 남은 2개월 동안 C사 업무를 누구보다도 잘 수행하는 것, 주어진 인턴 과제도 잘 끝마치는 것. 그로 인해 정규직 직원이 되는 것.

반면 내가 하고 싶은 바는 무엇일까? 이건 명확하지 않았다. 어렵게 생각하지 말고 단순하게 생각하면 하고 싶은 일들을 줄줄 써 내려갈 수 있긴 했다.

온전히 내 힘으로만 자립 생활을 이어가기, 야근하지 않고 편하게 살아가기, 맛있는 걸 먹고 다니기, 창작해 보기, 출간해 보기, 내가 하고 싶은 업무를 위주로 하기, 예쁜 옷을 입고 돌아다니기, 집 안 인테리어를 새로 하기 등이 있다.

하지만 이런 자문은 공상과도 같지 않은가. 마치 어린아이가 제 장래 희망을 공룡이라고 말하는 것과 다를 바 없었다. 나는 사회에 나온 성인이었고, 장래 희망란에는 생계를 책임질 직업명을 또박또박 적어야 할 나이였다.

그걸 알면서도 회사로 복귀하고 나서도 다른 인턴들을 제칠만한 노력을 딱히 쏟지 않았다. 물론 주어진 업무는 성실히 수행하긴 했다. 빠듯한 마감 일정을 어떻게든 맞추기 위해 야근을 꾸준히 했고 주말에도 빈번히 일했다. 업무 때문에 새벽에 잠을 자는 경우도 종종 있었다. 하지만 그것만으로는 열정이 부족할 것이다. 다른 인턴들에 비해서.

대다수 인턴은 몇 명만 살아남는 이 경쟁 시스템을 정확히 이해하고 있었기에 C사에서 요구하는 역량 이상을 선보이려

들었다. 회사가 1을 요구하면 다들 2를 가져왔고, 3을 요구하면 5를 가져오는 식이었다. 가히 뼈를 깎는 노력이라 할 수 있었다. 비단 업무뿐만이 아니라 태도에서까지도 그들은 애를 썼다.

사내 행사로 인해 인턴을 포함한 C사의 많은 임직원이 식당에 함께 모인 날이 있었다. 한창 행사를 진행하는 도중, 인턴 동기 '박'이 돌연 이런 말을 꺼냈다.

"C사 분위기 너무 좋아요! 저와 엄청나게 잘 맞아요! 오래 다니고 싶다니까요."

면접장도 아닌데 애사심을 뿜어내는 인턴을 향해서 사람들은 미소를 지었다. 누군가가 왜 본인과 잘 맞는 거 같으냐고 묻자 그녀는 자연스럽게 C사의 강점과 자신의 강점을 엮어 대답했다. 대단한 능변이었다.

순간, 나도 뭐라도 내세워야 하나 싶어 입술을 벙긋거리다가 이내 다물었다. 특별한 이유가 있지는 않았다. 좀 피곤했을 뿐이었다. B사를 다녔을 때의 나라면 아마 바로 말을 꺼냈을 텐데, 하는 생각이 짧게 스쳐 지나갔다.

다른 이들에 비해 확실히 몇 도는 낮을 내 열정을 C사의 직원들이 못 알아차릴 리가 없었다. 어느 순간부터 나는 내가 떨어졌음을 직감했다. 정규직 전환 결과는 인턴 계약 기간이 만료되기 일주일 전에 나온다고 들었지만 나는 내 탈락을 빠르게 예견할 수 있었다. 인턴 동기들에 비해 주요 프로젝트

참여 비중은 줄고 잡일이 점점 늘기 시작했기 때문이다. 그런 업무가 하나둘씩 생길 때마다 나 역시 미리 사무실의 짐을 하나둘씩 정리하며 회사와의 이별을 준비했다. 추운 겨울을 대비하고자 의자에 놓았던 방석과 담요를 들고 왔고, 건조한 공기를 이기기 위해 책상 위에 두었던 가습기를 들고 왔다. 서랍 속에 쟁여 두었던 마스크도 챙겨 왔다.

C사 정규직 전환 대상에 선정되지 못했습니다.

그래서 불합격 결과 메일을 받은 당일에는 꽤 담담하게 굴수 있었다. 어떻게 이럴 수 있느냐며, 내 탈락을 더 슬퍼해 주는 이를 위로할 만큼 말이다.

"괜찮아요. 탈락 예상했거든요."

"아뇨. 전 예상 못 했어요. 어떻게 이래요? 이건 말도 안 돼요! 사람 갖다 놀리는 것도 아니고!"

계속해서 분개를 터트리는 그녀는 나와 같은 팀에 속한 인턴 동기이자 정규직 전환이 된 합격자였다. 이제 본인 소속의 회사인데도 나를 위해 C사를 실컷 욕해 주는 그녀의 배려가 고마웠다.

다른 인턴들 모두가 그녀 같지는 않았다. 상반된 반응을 보인 이도 있었다.

"이 정도면 많이 붙은 거죠. 솔직히 이렇게 전환율 높은 회사도 어디 없을걸요? 요즘 같은 시대에 이렇게 많은 신입을 뽑는 곳도 별로 없고요."

그렇게 말하는 그 역시 정규직 전환 합격자였다. 그는 벌써 C사의 임원이 된 것처럼 굴고 있었다. 참고로 내가 속한 팀의 정규직 전환율은 약 50%를 기록했다.

사내 행사 날, 자신의 존재감을 톡톡히 드러냈던 인턴 박도 붙었다. 그녀는 합격 메일을 받은 직후 화장실 칸에 들어가 남몰래 눈물을 찔끔 흘렸다고 했다. 속사정을 왜 이리 자세히 알고 있느냐면 그녀가 내게 직접 말해 주었기 때문이다.

"여기 못 붙었으면 정말 전 큰일 났을 거예요. 이제 와서 어떻게 또 구직하겠어요?"

그녀는 해맑게 웃으며 합격 소감을 밝혔다. 나도 그냥 따라 웃었다. 내 미소에는 씁쓸함이 감돌 수밖에 없었지만. '그러게 말입니다. 저는 언제 어떻게 또 취업 준비를 해야 할까요.' 라는 말은 삼켰다.

최종 발표가 난 후 C사 분위기는 어수선했다. 합격한 인턴과 불합격한 인턴이 여전히 한 사무실에서 함께 일하고 있으니 그럴 법했다. 혼란이 가중되든 말든 시간은 흘러 C사 근무 막바지에 다다랐다.

C사 퇴사 전날이었다. 나는 디자인 작업 파일을 한 폴더에 모아두고 있었다. 다음 기수에 뽑힐 인턴을 위해서였다. 사무

실 짐을 이미 다 챙겨두어 따로 정리할 것은 없었다. 그때, 팀장님으로부터 메시지가 왔다.

잠깐 휴게실에서 이야기하실래요?

나는 약간 민망하고 겸연쩍은 감정으로 일어났다. 퇴사 전의례 하는 그간 수고했단 인사말을 건넬 줄 알았고 나 역시 그간 감사했다는, 다소 뻔하지만 진심을 담은 말을 팀장님한테 전하고자 했다. 그러나 팀장님 입에서는 내 생각과는 전혀 다른 문장이 튀어나왔다.

"죄송해요. 사실 제가 진우 씨 평가를 안 좋게 드렸어요."

내가 멍하게 있는 사이, 팀장님은 조금의 주저도 없이 다음 말을 꺼냈다.

"그것 때문에 떨어졌을 거예요."

"네?"

어떻게든 동요를 감추고 싶어서 시선을 이리저리 옮기며 공연히 입꼬리를 끌어올려 보았다. 내 어설픈 미소가 보이는 건지 안 보이는 건지, 팀장님은 계속해서 내 불합격 비화를 말해 주었다.

"제가 그런 평가를 준 이유는요…… 회사에서의 모습이 별로 즐거워 보이지 않았거든요."

'……그럼 즐겁겠나요? 3개월 내내 야근하느라 피로에 절었는데?'라고 날카롭게 반문했다. 물론 속으로만.

"성격도 회사 분위기와 맞지 않는 거 같아요."

그럼, 입사 전에 MBTI 검사를 해 보시든가요!

"속도가 느려서 기다려 줄 수 없었어요."

마감 일자가 빠른 건 아니고요?

"작업 스타일도 우리 회사와 맞지 않았어요."

제 포트폴리오를 보고 뽑은 건 팀장님이잖아요!

팀장님은 이 뒤로도 한참 나의 단점에 대해 말했다. 요점은 내 전부가 C사와 맞지 않는다는 이야기였다. 성격부터 작업 스타일, 업무 속도까지 그 모든 것이.

불합격 연락을 받은 순간에도 평정심을 유지했던 마음이 팀장님의 말에는 속절없이 꺾일 것 같았다. 그의 말 한마디 한마디에 괜히 딴지 걸듯 속말을 건넸지만, 울컥 올라오는 감정을 완전히 억누르기엔 역부족이었다. 팀장님이 바르르 떠는 내 등을 툭툭 쳤다. 마치 위로의 손짓처럼 말이다. 감정을 삭이느라 바쁘면서도 어처구니가 없었다.

회사에서의 내 모습이 비록 최고가 아니었을지라도 최선은 다하는 사람이었을 거라고 굳게 믿었다. 지난 3개월은 내 개인사를 빼놓고 말하더라도 힘든 나날이었다. 평가라는 핑계로 던져진 업무량은 인턴 개인이 소화할 수 있는 양이 아니었다. 그래도 전부 마감 기한 내에 끝내고자 노력했고 실제로도 마감 내에 끝냈다. 인턴 후반에 탈락을 예감하면서도 게으름을 피우지 않았다. 어떤 순간이든 최선을 다하고 싶단 마음이 있기 때문이었다. 그러나 내 행동과 의도가 어떻든 그게 무슨 소용이겠는가. 결과가 좋지 못하면 저런 무례한 이야기를 바로 앞에서 듣게 되는데.

잠시나마 회사의 소속이었고 이제 곧 나갈 외부인에게 왜 저렇게까지 말하는 걸까? 한 사람의 모든 면을 부정하면서까지 말해야 할 것들이었을까? 이해는 안 되지만 굳이 이해해 보자면 진실을 토로함으로써 팀장님 본인의 죄책감을 좀 덜고 싶었던 건 아닐까. 더불어 앞으로는 그렇게 살지 말라고 내게 조언도 할 겸 말이다.

'네가 떨어진 건 C사 탓도, 내 탓도 아니야. 오로지 너의 탓이지. 그러니 노력해.'

결국 팀장님이 하고 싶은 말은 이것이었다. 역지사지를 전혀 못 하는 팀장님을 위해서 내 입장에 대해서도 상세히 고하고 싶었으나 그만두었다. 내가 답할 말은 처음부터 정해져 있으므로.

"네. 저도 그러한 부분을 인지하고 있었고 잘하려고 최선을 다했지만, 그만큼 성장하지 못했던 것 같습니다. 그 부분이 아쉽고 안타깝습니다. 그동안 감사했습니다."

어떻게든 유종의 미를 거두고 싶었다. 하지만 마무리가 아름답기보다 구차했다. 감사를 전하는 목소리는 거칠었고, 팀장님을 향한 눈에는 기어이 물기가 어른거리는 까닭이었다.

서럽고 수치스러웠다.

팀장님과의 면담은 그렇게 끝이 났다. 그로부터 하루가 지났고, C사 인턴 계약 만료일이자 퇴사일이 찾아왔다.

코로나가 한창 기승을 부릴 때라 사무실에는 직원이 많지 않았다. 내 직속 사수도, 팀장님도 사무실에 나오지 않고 재택근무를 했다. 나는 남은 휴가를 쓰기 위해 오후에 반차를 냈다. 그래서 오전까지만 회사에 있으면 됐다. 오전 중으로 빠르게 업무를 마쳤고 출근한 지 얼마 안 되어 자리에서 일어났다. 퇴근 시간이자 퇴사 시간이 벌써 다가온 것이다.

빈자리가 듬성듬성 나 있는 사무실 주위를 빙 둘러 다녔다. 합격한 인턴 동기에게, 불합격한 인턴 동기에게, 얼굴만 아는 C사 직원에게, 그리고 같은 팀 소속인 C사 직원에게 마지막 인사를 건넸다. 몇 사람이 마중을 나오겠다며 엘리베이터 앞까지 따라 나왔다.

"수고했어요."

"고생 많았어요."

"잘되시길 바랄게요."

"더 좋은 회사에 가실 거예요!"

그들의 덕담과 위로가 쏟아졌다. 나는 희미한 미소로 답했다.

C사에서 집까지의 거리는 한 시간 정도가 소요됐다. 오래 걸리는 시간은 아니지만, 환승을 세 번 해야 했다. 늘 그

렇듯 마을버스에 몸을 실었다가 도중에 내려 지하철에 탑승했다. 그러다 다른 호선의 지하철로 옮겨 탔고 또 도중에 갈아탔다. 보통 여러 노래를 들으면서 그 지루한 과정을 버티곤 했는데 이번에는 그러지 않았다. 노래 하나만을 계속 들었다. 페퍼톤스의 〈drama〉라는 노래였다.

경쾌한 기타 소리와 힘찬 여성 보컬의 조합이 좋은 노래였다. 멜로디는 반복적이었고 가사 또한 그러했다. 후렴구에 가서는 똑같은 문장이 되풀이됐다.

이대로 놓칠 수 없는 건 무엇입니까.
언제라도 찾아 헤맸었던 건 무엇입니까.
내가 살아가는 이유는 무엇입니까.

노래를 들으면서 3개월 전의 일을 곰곰이 떠올려 보았다. 산부인과 병원 의사에게 처음 전화 받았던 그날, 나는 무척 두려웠다. 지금은 뇌하수체 종양이 시한부 선고를 받을 만큼 무서운 질병이 아니란 걸 알고 있지만, 의학 상식이 전무한 내가 당시에 그 사실을 알 턱이 없었다. 전화를 끊고 나서 무릎에 고개를 파묻었다. 손은 두려움에 미세하게 떨리고 있었다. 언젠가 본 '뇌종양이 대한민국 사망 원인 1위 질병'이란 통계표를 잊으려 들었다. 마냥 겁이 났다. 믿지도 않는 신을 무작정 원망했다. 그리고 후회했다. '이럴 줄 알았으면 난 그렇게 살지 않았을 거야.'라면서.

돌이켜보니 나는 이유가 참 많이 필요한 사람이었다. 무엇이든지 간에 내가 하는 일에 강박적으로 이유를 붙여야만 했다. "이걸 왜 해?"라고 누군가가 묻는다면 나는 때에 따라 다음과 같이 답하곤 했다. 좋은 대학에 가야 하니까, 성공적인 삶을 살아야 하니까, 제대로 된 인턴 경력을 가져야 하니까, 정규직이 돼야 하니까, 다들 그렇게 사니까, 나도 남들처럼은 살아야 하니까⋯⋯. 내 감정보다 그럴듯한 이유를 우선시했다. 내가 하고 싶은 일을 관철하기보다 내가 해야 하는 일을 고집했다. 그래서 내 행복은 쉽게 무너졌고 내 기호는 내 인생에서 그다지 중요하지 않게 되었다.

한때 그것이 어른이 되어가는 과정이라 생각했다. 어린아이 같은 공상을 더 이상 하지 않는 자신을 자랑스러워했다. '이거 하고 싶어!'라며 겁 없이 트랙을 벗어나는 이를 향해 은근한 조소를 날리기도 했다. 나는 저러지 말아야겠다는 생각은 꼭 했던 것 같다. 그러나 막상 죽음이란 단어가 내 일상에 껴든 순간, 나를 단단히 감싸던 껍데기가 허울처럼 부서지고 명명백백하게 진심이 드러났다. 껍데기 안에는 자부심 따위는 없었다. 후회만이 있었다. 그리고 그건 지금도 여전했다.

이대로 놓칠 수 없는 건 무엇입니까.

언제라도 찾아 헤맸었던 건 무엇입니까.

내가 살아가는 이유는 무엇입니까.

이 노래 가사는 마치 내 자문과 닮았다. 물음을 거듭 던지는 가사처럼 나도 C사를 다니는 내내, 내가 해야 할 바와 내가 하고 싶은 바를 생각하며 스스로 질문을 던졌다. '어디에 무게를 둬야 할까?'라면서 말이다. 하지만 저울질할 필요는 없었다. 3개월 전 그날부터 이미 답은 나와 있었으니까.

어린아이같이 굴면 뭐 어떤가. 장래 희망란에 영 생뚱맞은 걸 적는다 해서 뭐가 어떻단 말인가. 내 마음대로 행동한다고 해서 세상은 멸망하지 않는다. 한없이 평화로울 것이다. 우울증에 걸렸던 때도, 뇌종양에 걸렸던 때도, 세 번째 퇴사를 하는 지금 이 순간도 창 너머 보이는 하늘은 푸르렀다. 내가 무얼 하든 변함이 없다면, 오히려 나만이 괴로울 뿐이라면, 그렇다면 나는 이제부터 내 마음 가는 대로 행동해도 된다.

너무 단순한 사고인가?

그래도 괜찮다고 집요하게 자신을 설득해 보았다. 하고 싶은 일이 있으면 깊이 생각하지 말고 줄줄 써 내려가면 된다. 그걸 하나씩 하나씩 이루면 된다. 반면, 하기 싫은 일이 있다면 하지 않으면 된다. 도망치고 싶으면 도망쳐도 된다. 그렇게 살아가면 된다. 언젠가 정말로 죽음의 그림자가 내 삶에 드리우는 순간, 다시는 후회라는 감정이 떠오르지 않게 말이다.

그 단순한 행보가 내 행복으로 이어지는 길임을, 그 당연한 정답을 나는 세 번째 퇴사 길에서 깨달을 수 있었다. 집에 도착하는 순간까지 나는 이어폰에서 흘러나오는 노래에 화답하듯 중얼거렸다.

"행복해질 거야, 나는 행복해질 거야……"

배우기보다 깨우치는 시간들

사내 식당 ★★★★

C사 직원들은 대체로 사내 식당을 선호하지 않았다. 음식이 평범한 축에 속했기 때문이다. 게다가 다들 이 회사를 오래 다녔으니 사내 식당이 질릴 법도 했다. 하지만 C사를 짧게 다닌 나로서는 그곳이 마음에 들었다. 매일매일 메뉴가 다르게 나와서 골라 먹는 재미가 있었으며 자신이 원하는 대로 덜어 먹을 수 있다는 점이 좋았다. 무엇보다이용하기 편리했다. 가격이 저렴했고 거리가 가까웠다.

시설 ★★★★

수십 명이 앉을 수 있는 넓은 라운지를 가장 좋아했다. 그곳에서 나는 회의를 했고, 간식을 먹었고, 인턴 동기와 수다를 떨었으며, 사내 행사에 참여했다. 언제든 내쳐질 수 있는 전환형 인턴이란 신분이었지만 라운지에 다 함께 있을 때만큼은 소속감을 느낄 수 있었다.

복지 ★★★★

야근 수당은 B사 때와 마찬가지로 없었지만, 식비를 지원해 줘서 감사했다. 그뿐만 아니라 인턴도 사내 카페를 할인된 가격으로 이용할수 있게 해 줬다. 연이은 야근으로 죽을 것 같을 때 투 샷을 추가해탕약처럼 쓴 커피를 들이켜곤 했다.

장비 ★★★★

노트북이며 태블릿이며, 업무에 필요한 장비를 전부 제공해 줬다.

사내 분위기 ★★★

자유로우면서도 보수적이었다. C사에서는 수평적인 분위기를 형성하기 위해 닉네임 호칭제라는 사내 문화를 도입하고 적극 활용했다. 하지만 솔직히 의미는 없었다고 생각한다. 그냥 상대를 본명 대신 별명으로 부르는 것뿐이었으니.

또 한 번의 실패,
울타리 밖으로 나와 비로소 깨달은 꿈

시원섭섭하게 C사에서 퇴사한 다음 날이었다. 오랜만에 여유로운 아침을 보내고 있는데 느닷없이 핸드폰이 울렸고, 느닷없이 시간 될 때 연락을 달라는 메시지가 화면 위로 떠올랐다. 발신자는 C사 팀장님이었다. 머릿속에 물음표를 가득 띄우며 전화 버튼을 눌렀다.

통화가 연결된 팀장님과 근황을 주고받을 것도 없었다. 불과 이틀 전에 만났으니까. 그녀는 잘 지냈냐는 안부를 짧게 건넨 후 곧장 본론으로 들어갔다.

"우리 회사에서 프리랜서로 일해 보실래요?"

어……, 음……, 아……. 이 세 가지의 외마디를 거듭하며 내 심정을 대변했다. 설마 팀장님한테서 이런 제안을 받을 줄은 몰랐다. 역시 사람 깜짝 놀라게 하는데 일가견이 있는 분이었다.

당혹감만 드러내자 팀장님은 급한 일이 아니라며 여유롭게 생각하고 답해 달란 말을 했다. 그러면서도 내심 내가 받아들일 거로 생각했는지 벌써 C사 프리랜서가 되면 어떤 프로젝트를 주로 맡는지 상세히 설명하기 시작했다. 우선 오후에 확답을 주겠노라 말하고서 전화를 끊었다. 나는 팀장님이 알려 준 정보들을 한데 정리해 보았다.

내용을 들어 보니 인턴 때의 월급보다 (적어지긴 했지만) 그렇게 크게 금액 차이가 나지 않았다. 또 다른 장점으로는 프리랜서이기 때문에 집에서도 편히 작업할 수 있다는 점이었다. 게다가 어찌 되었든 경력을 계속 쌓을 수 있었다! 이렇게 여러 가지 장점이 꽤 있는 제의였지만, 쉽사리 프리랜서 일을 하겠노라고 답할 수 없었다. 바로 얼마 전에 내가 탈락한 사유에 대해 지나칠 정도로 많이 들었기 때문일까? 모르겠다. 무어라 형언할 수 없는 감정이었다. 속에서 먼지 같은 게 표류하는 기분이라고 해야 할까. 끈적한 찌꺼기가 들러붙은 기분이라고 해야 할까. 하여간 찜찜했다.

결국, 다시 핸드폰을 집어 들었다. 이번에는 고교 동창이자 가장 친한 친구인 '문'한테 전화를 걸었다. 나 혼자서는 답을 정하기 어려운 고민이었다. 문은 내 이야기를 듣자마자 "하지 마. 하지 마."란 말을 연발했다.

"왜?"

"야. 그건 좀 아니지 않아?"

친구의 말은 이러했다. 본인이 떨어뜨려 놓고 퇴사 다음 날 바로 프리랜서 제안하는 그 심보가 뻔뻔하다는 것이었다. 나는 그녀의 단호한 말을 들으면서도 어떤 결정을 내려야 할지 당장 확신이 서지 않았다.

　전화를 끊고 나서 장단점을 나눠 생각해 봤다. 아무리 생각해도 무직자의 신분으로는 꽤 괜찮은 조건 같았다. 친구가 말한 감정적인 부분만을 빼면 거절할 이유가 딱히 없었다. 나는 하겠다는 의사를 밝히고자 메신저 창을 열었다.

　네. 말씀해 주신 그 프로젝트에 저도 함께하고 싶습니다.
　계약서 내용은 언제 자세히 볼 수 있을까요?

　전송 버튼만 누르면 됐다. 하지만 보내려고 하는 순간 마음속이 꿈틀거렸다. 여러 가지 장점이 있었음에도 하고 싶지 않다는 생각에서 빠져나올 수 없었다.

　퇴사 전날, 아쉽게 됐다며 그저 위로만 건넸더라면 나는 기꺼이 프리랜서 제의를 받아들였을 것이다. 그렇지만 '정규직 사원으로는 불필요한 인재인데 프리랜서용 인재로는 그냥저냥 적합하다.'라는 속뜻을 너무 노골적으로 드러냈고, 나는 그걸 못 본 척하고 넘어가기에는 자존심이 이미 상할 대로 상해 있었다. 끝내 충동적으로 거절 문자를 보냈다.

　죄송하지만 프리랜서 제의는 거절하겠습니다.

　이 소식을 고민 상담해 준 친구, 문에게도 전했다.

"그냥 하기 싫어서 거절했어."

그러자 그녀는 깜짝 놀라 했다. 내가 무조건 프리랜서 제안을 받아들일 줄 알았다면서 말이다. 친구의 다소 격한 반응에 나도 덩달아 놀랐다.

"왜 그렇게 생각한 거야?"

"네가 그냥 하기 싫다면서 일을 거절하는 경우는 처음 봤거든."

그렇기는 했다. 하기 싫다고 해도 장점이 있으면, 하다못해 그럴듯한 이유가 있으면 늘 했으니까. 당장의 감정보다는 매번 앞일을 생각하며 행동했다. 그녀의 말대로였다. '그냥'이란 말을 앞세워 결정을 내려 본 건 정말 이번이 처음이었다. 작년의 나였다면 기함할 일이었다. '왜 이렇게 철이 없어?'라며 비난할지도 모르겠다.

그래도 내가 잘못된 선택을 했단 생각은 들지 않았다. 불편했던 속이 차차 풀리기 시작했다. 부유하던 먼지도, 끈적한 찌꺼기도 모조리 사라져 갔다. 어린아이같이 구는 거 제법 괜찮을지도 모르겠다. 의외로 인생, 가뿐하게 사는 지름길이지 않을까?

이렇게 시작한 돌발행동은 한 번으로 그치지 않고 계속 이어졌다. 원래 시작이 어렵지, 그다음은 어렵지 않은 법이다.

마침 상반기 채용이 본격적으로 열리기 시작한 때였다. 취업 사이트 메인에는 구인 중인 수백 개의 회사 목록이 떴다.

예전 같았으면 되든 말든, 원하든 원하지 않든 우선 다 찔러 보았을 텐데 이번에는 그러지 않았다. 아무리 대기업이라고 해도 내가 하고 싶은 직무를 뽑지 않는다면 지원서를 넣지 않았다. 왜인지 모르게 내가 붙을 것 같은 회사의 공고가 뜨더라도 마찬가지였다. 내가 원하지 않은 회사면 그냥 넣지 않았다.

성격도 조금 거침없어졌다. 원체 낯가리는 성격이라 지인에게 먼저 연락하는 법이 없었는데 요새는 내가 먼저 적극적으로 안부 인사를 묻곤 했다. 부끄러움을 잠시 치워 두고 그들에게 보고 싶다는 말을 서슴없이 꺼내거나 감사한 마음을 자주 전했다.

그리고 취미가 새로 생겼다. 바로 소설 쓰기다. 나는 C사 퇴사 이후 글을 쓰기 시작했다.

내 어릴 적 꿈은 만화가였다. 학창 시절 내내 만화에 아주 푹 빠져 살았고, 그 영향으로 디자인과에 진학하게 되었다. 예리한 사람이라면 바로 눈치챘을 것이다. 만화가가 되고 싶은데 디자인과에 갔다고? 만화과는 왜 안 가고? 맞다. 잘못된 선택이었다. 그렇게 한 데에는 두 가지 이유가 있었다.

첫째, 엄마가 반대했다. 취업과 직접적인 연관성이 떨어지는 만화 전공은 우려스럽다는 게 그 이유였다. 어릴 때 만화가가 되고 싶다고 말하면 엄마의 입에서는 이런 말이 튀어나오곤 했다.

"너 어떻게 먹고살래?"

둘째, 나는 예로부터 귀가 얇았다. 반대하는 엄마를 다시 반대할 만큼의 줏대가 없었단 소리다. 바람이 부는 대로 흔들리고, 파도가 치는 대로 휩쓸리는 인간이 바로 나였다. 그래서 꿈을 관철하지 못하고 디자인과로 진학하게 됐다. '정 그림을 그리고 싶으면 디자인과에 가. 어쨌든 같은 예체능이잖아.'라는 엄마의 의견에 의해서였다. 나도 그 의견에 동의했다. 당시 나는 미대는 거기서 거기가 아닐까 하고 꽤 멍청한 생각을 했다.

당연히 미대는 거기서 거기가 아니었다. 디자인과 만화는 얼핏 비슷해 보이면서도 전혀 다른 분야였다. 그 사실을 슬프게도 대학교에 입학하고 나서야 알 수 있었다. 그래서 대학교 1학년 2학기 때 휴학해서 남몰래 만화과 입시를 준비하기도 했다. 번갯불에 콩 볶듯 급하게 준비한 입시가 성공할 리 없었다. 가군, 나군, 다군 모조리 떨어졌다. 디자인학과 탈출에 끝내 실패한 나는 그다음 연도에 원래 다니던 미대에 복학했다. 그 뒤로도 계속 만화를 공부했냐고 묻는다면 전혀 아니었다고 단언한다. 나는 본디 줏대가 없는 인간인지라 복학과 동시에 어릴 적 꿈은 빠르게 버렸다.

하지만 그때 완전히 버린 건 아니었던 모양이다. C사에서 퇴사하고 나서 적어 내린 내 버킷리스트에는 '창작해 보기'가 들어가 있었다. 이야기를 창작하는 일을 여전히 하고 싶었

다. 만화라는 형식을 띠지 않아도 좋았다. 사실 어릴 때도 오로지 만화가만 되고 싶었던 건 아니었다. 뭐가 됐든 머릿속에 맴도는 여러 이야기를 바깥으로 끄집어내고 싶었고, 그 수단으로써 내가 그나마 자신 있는 그림을 선택한 것뿐이었다. 본질은 이야기를 창작하고 싶단 마음이다. 그때나 지금이나.

C사 퇴사 이후 마침 빈 시간이 많이 생겼고 내 눈앞에는 키보드가 있고 컴퓨터에는 한글 프로그램이 깔려 있었다. 쓰지 않을 이유가 없었다.

망령같이 남아 있던 꿈에 대한 갈망을 이제라도 해소하기 위해 타이핑하기 시작했다. 논픽션과 픽션의 경계를 넘나드는, 그래서 이게 일기인지 소설인지 당최 모를 글을 썼다. 지나치게 형식을 파괴하는 바람에 심히 창의적인 글(이라 하고 잡소리)을 쓰기도 했다. 엉망진창일 뿐인 취미 활동이었지만 쓰는 나는 즐거웠다. 재밌는 게임이라도 하듯 신나게 키보드를 두들겼다.

한 달 동안 그런 일상을 보냈다. 소설의 글자 수는 어언 10만 자를 넘어가고 있었다. 내 머릿속에 이렇게나 많은 이야기가 있었음을 쓰면서 깨달았다. 그리고 또 깨달았다. 글쓰기가 더는 취미가 아니게 되었음을.

온종일 붙잡고 있는 이 소설은 이미 흥미를 충족하는 수준에서 벗어나 있었다. 어느새 이 소설은 나의 벗이었고 나의 위로였으며 나 자신이었다. 슬슬 글을 쓰는 게 즐겁지만은 않은 시점에 다다랐음에도 나는 무아지경으로 컴퓨터 앞에 앉아 키보드를 쳤다. 어떻게든 완결해서 사람들에게 선보이고 싶어졌다. 작가라는 꿈이 새로 생긴 것이다.

프리랜서가 되었다,
자존심은 내려놓고서

C사의 제안을 거절한 뒤, 인맥이나 사이트를 통해서 외주 작업을 받았고 언제부터인가 내 일과는 이렇게 자리 잡았다.

- 오전 중에 취업 준비하거나 글쓰기.
- 점심부터 저녁까지 외주 작업 진행하기.
- 저녁 이후로 공원 산책하기.
- 잠자기 직전까지 글쓰기.

요약하자면 두 트랙으로 나뉜 일과였다. 본업은 디자이너 프리랜서, 부업은 작가 지망생인 셈이었다. 취업 준비는 예의상 했다. 가고 싶은 회사나 하고 싶은 직무가 뜨면 지원했고 그러다 면접장에 불리면 출석했다. 하지만 얼마 안 가 예의상 하던 준비도 더는 하지 않게 되었다. 생각보다 나는 프리랜서 생활이 무척 맞는 사람이었다. 취업할 의지가 안 생길 만큼 만족해 버렸다.

프리랜서의 장점은 뭐니 뭐니 해도 자유로움이었다. 내가 하고 싶은 일만 받아서 할 수 있었다. 구태여 사무실에 출근해 여러 사람에게 이리저리 치일 필요가 없었다. 공간과 시간의 제약에서 벗어나니 작가 지망생이라는 다소 때늦은 꿈도 환기할 수 있었다. 시간이 날 때마다 틈틈이 글을 썼다.

당연히 단점도 있었다. 뭐니 뭐니 해도 가난했다. 경력을 쌓지 못한 사회초년생이 일을 꾸준하게 받을 데가 마땅치 않았다. 받는 액수 또한 지극히 미미했다. 어떤 건은 20만 원짜리였고, 또 어떤 건은 5만 원짜리였다. 그리고 대체로 5만 원 언저리의 일만 들어왔다.

그렇게 소소한 액수를 근근이 벌면서 지낼 때였다. 스타트업 C사에서 연락이 왔다. 프리랜서 제안이 또 들어온 것이다. 그건 마치 악마의 유혹 같았다. 또는 천사의 부름 같거나. 모순된 두 감상을 함께 가진 건 내 마음도 오락가락하기 때문이었다. 받아? 말아? 하면서. 여러 번 갈등하다가 결국 제안을 받아들였다. C사 프리랜서 일을 맡기로 한 것이다.

C사 퇴사 이후 고작 몇 개월 지났을 뿐인데 벌써 태도를 달리했다. 그간 나는 '내가 돈이 없지, 가오가 없나?'라는 생각으로 지냈지만, 이번 기회에 톡톡히 알게 되었다. 나는 돈도 없고, 가오도 없고, 더 나아가 경력도 없다는 것을……. 세상은 역시 호락호락하지 않았다. 한번 C사의 제안을 퉁겨봤다는 것만으로 나는 자부심을 안고 살아가기로 했다. (애달픈 자부심이란 건 나도 안다.)

이러한 내 선택에 주변 사람들의 반응은 다양했다. 당시 고민 상담해 준 친구, 문은 내 빠른 의견 번복에 좀 어이없어 했다. 내 사정을 잘 모르는 다른 친구들은 "갑자기?"라며 놀라워했다. 반면, 내 선택을 적극 반기는 이도 있었다. 엄마였다. 딸이 (근근이 소액을 벌긴 했지만 사실상) 백수로 지내는 것보다는 훨씬 기뻤을 테다. 나도 좋았다. 자존심을 좀 굽히니 통장에 5만 원 이상의 돈이 자주 들어왔다. 솔직히 말해 더 구겨질 자존심도 없었다.

내 성격이 C사와 안 맞는다고? 그럴 수 있지. 작업 속도 느리다고? 나도 알아. 나 정규직은 시키기 싫은데 프리랜서는 시키고 싶다고? 알았어. 그래도 고마워.

어느 순간 이런 마인드가 되었다. 회사에 다니지 않은 지난 기간은 사람 마음을 여유롭게 만들기에 충분했다. 게다가 얼마 전에 본 대학병원 진료에서 내 뇌하수체 종양이 줄어들고 있다는 희소식을 듣기도 하여 마음이 더욱 여유로워진 것도 있었다.

어쨌든 나는 C사에서도 일을 받고, 다른 회사에서도 일을 받고, 지인한테도 일을 받아 가며 열심히 프리랜서 생활을 이어 갔다. 더불어 웹소설 공모전도 준비하기 시작했다. 점점 일상이 바빠졌다. 엄마와 통화할 때마다 나는 요새 바빠 죽겠다고 엄살을 피웠다. 엄마의 목소리는 죽어가는 나와 다르게 밝기만 했다. "그래? 그것참 다행이다!" 나의 바쁨이 곧 엄

마의 기쁨이었다. 그러나 그 기쁨도 오래가지 못했다. 생각 외로 내가 프리랜서 일을 오래 하게 되자 엄마가 걱정하기 시작했기 때문이다. 아무래도 엄마는 내가 취업 전 아주 잠깐 외주 업무를 받는 거라고 착각했던 모양이다.

여름을 지나 가을이 되면서 엄마의 '다행이다'란 말은 서서히 줄어들고, 대신 이런 질문이 늘어났다.

"더 이상 구직은 하지 않는 거야?"

전과는 다르게 목소리에 걱정이 섞여 있었다. 그때마다 내 답변은 일관되게 같았다.

"응, 아직은 생각 없어."

너무 솔직한 게 문제였던 걸까. 겨울에 접어들 무렵, 엄마는 카톡으로 채용 공고 사이트 링크를 보내기 시작했다. 대기업 채용 공고부터 나와 아무 연고도 없는 지역의 기업 채용 공고까지. 채용하는 직무의 종류도 다양했다. 3D 디자인부터 게임 그래픽, 캐릭터 디자인, 심지어 일반 사무직까지. 내 세부 전공과 상관없는 것까지 마구잡이로 보낸 것이다. 아마도 그건 엄마 나름의 사랑이고 배려겠지.

나도 처음에는 웃고 넘어갔다. 내 진로와 맞지 않는 공고를 보낼지언정 구태여 꼬집지 않고 고맙다고만 말했다. 하지만 카톡을 보내는 횟수가 점점 늘자 나는 여유를 잃어갔다. 불효를 저지르는 기분이었다. 어떻게든 엄마를 만족시켜야 할 것 같았다. 고등학생 때 이래로 오랜만에 갖는 의무감이자 부담이었다. 그래서 어느 날에는 엄마에게 프리랜서의 장점을 열심히 설파했다. 또 어느 날에는 내 수입의 평균값을 과장하며 자랑하거나 엄마에게 내 삶의 방식을 이해하지 못하는 거냐고 짜증을 냈다.

비단 엄마만이 그런 반응을 보인 건 아니었다. 이미 취업해 자리 잡은 친구들도 내 행보를 묘하게 바라봤다. 대체로 그들은 프리랜서의 삶이 멋있다고 칭찬했지만, 말끝마다 "나였으면 너처럼 하진 못했을 거야."라는 사족을 붙이곤 했다.

나는 단단한 사람이 아니다. 쉽게 흔들리고 쉽게 좌절한다. 없는 줏대를 만들기 위해 그간 노력했지만 어쩔 수 없이 주위 사람의 걱정과 불안은 자연스럽게, 그리고 빠르게 내게 전파됐다. 내 안에 완전히 파고든 이후로는 나는 계속해서 흔들렸다. 내가 한 모든 선택이 잘못된 듯했다.

혹시 내가 뇌종양을 방패 삼아 나태하게 보낸 건 아니었을까. 안정성이 보장되지 않는 프리랜서를 그만둬야 할까. 취업 준비를 다시 해야 하는 걸까.

이러한 고민은 연말이 되어서도 지속됐다. 어느덧 12월 말이었다. 들어오는 외주 요청을 전부 받는 바람에 할 일이 급격히 늘어난 상황이었다. 그래서 고향에 내려가지 않고 서울 자취방에서 혼자 지내기로 했다. 연말, 연초는 무릇 가족과 함께 보내는 법이지만 쌓인 업무량 때문에 어쩔 수 없었다.

하루 종일 방에 틀어박혀 정신없이 디자인 작업을 하고 있을 때였다. 대학 동기 언니한테 연락이 왔다. 요즘 뭐하냐고 묻는 내용에 나는 계속 프리랜서를 한다고 답했다. 그랬더니 이런 메시지가 왔다.

겸업해 볼 생각은 없어?

언니는 D사라는 곳에서 디자이너를 소개해 달란 부탁을 받았고 그래서 내게 연락했다고 설명을 이었다. 얼떨결에 회사를 추천받은 것이다. 더 들어 보니 해당 회사는 문화예술 분야 쪽이었고, 규모가 몹시 작은 소기업이었다.

월급은 스타트업 C사를 다녔을 때와 비슷했다. 직급도 그러했다. 인턴은 아니지만, 똑같이 비정규직 자리였다. 그래도 솔깃했다. D사에 겸업 금지 조항이 딱히 없기 때문이었다. D사의 단기계약직이 되면 엄마가 그렇게 걱정하는 프리랜서의 불안정성을 잠시나마 해소할 수 있었으며, 동시에 내 고민도 어느 정도 해소할 수 있었다. 주위에서 보내는 우려에 내가 자꾸만 흔들리는 건 결국 고정 수입이 없어서가 아닌가. 몇 개월간 바짝 벌어 지갑 사정을 넉넉하게 만든다면 분명 내 마음도 덩달아 넉넉해질 것이다.

그래서 하겠다고 의사를 밝혔다. 며칠 뒤에 계약했고 D사 대표님한테 바로 내년 초에 나오라는 말을 들었다. 그렇게 나는 다시 직장인이 되었다. 이로써 네 번째 입사였다. 그리고 겸업 생활의 첫 시작이었다.

4.
꿈과 현실 사이에서
줄타기를 하다

소기업 D사 입사와 퇴사

디자인하는 잡일꾼, 그게 바로 접니다

새해가 밝았고 나의 쓰리 잡 시대가 도래했다. 내 일과는 작년에 비해 좀 더 빠듯해졌다.

- 오전 7시부터 오전 9시까지 외주 업무하기 또는 글쓰기.
- 오전 9시부터 7시까지 D사 출퇴근 및 D사 업무 보기.
- 오후 7시부터 자정까지 외주 업무하기 또는 글쓰기.
- (마감이 급할 때만) 새벽까지 외주 업무하기.

대략 이런 일과로 하루하루를 보냈다. D사에 있을 때를 뺀 나머지 시간에는 외주 업무를 진행했고 글을 썼다. 세 가지 일을 동시에 하려니 죽을 맛이었다. B사와 C사에서 바쁘게 인턴을 하던 때가 생각났다. 그래도 그때보다는 지금이 훨씬 좋았다. 프리랜서 일도, 글을 쓰는 일도 내가 자발적으로 하는 일인 까닭이었다. 강제성이 빠지니 야간작업에 대한 분노와 억울함이 예전만큼 일지는 않았다. 신기한 변화였다.

게다가 다행스럽게도 D사에서는 야근할 일이 없었다. 만약 하게 되더라도 1시간 정도만 더 일하면 됐다. 그건 내 기준으로는 야근 축에 속하지도 않았다. (광고대행사 B사의 기준으로는 '정시 퇴근'이라고 보지 않을까?)

또한, D사는 직급 체계가 명확하지 않아 사내 분위기가 자유로운 편이었다. 대표님, 본부장님과 같은 직급이 있긴 했으나 창립 구성원을 뺀 나머지 사람들은 모두 다 같은 직급이었다. D사의 전 직원은 고작 열다섯 명 남짓이었고, 그중 정규직은 열 명이 채 되지 않았다. 그러니 대리, 차장, 부장, 팀장 등으로 직급을 세세히 나누기는 어려울 것이다. 위아래가 없는 덕분에 나는 편안하게 D사를 다닐 수 있었다.

그렇지만 D사에 단점이 아예 없지는 않았다.

먼저 시설이 매우, 몹시, 심각하게 열악했다.

화장실 수도가 빈번히 얼었고 보일러가 자주 고장 났다. 나는 이렇게 춥고 건조한 사무실은 생전 처음 겪어 보았다. 사무실 안에서도 롱패딩을 벗지 않고 일할 정도였으니 말 다 했다. D사에 처음 출근한 그다음 날부터 나는 바로 집에서 미니가습기 두 대와 핫팩, 목도리, 그리고 기모 후드를 챙겨 왔다. 이대로면 얼어 죽거나 말라 죽거나 하겠다는 우려와 무사히 살아남고 싶다는 생존 본능에 의해서였다.

시설만 안 좋은 게 아니었다. 장비도 아주 끝내주게 열악했다.

컴퓨터는 내가 중·고등학생일 때 썼을 법한 구식 모델이었고, 포토샵이나 일러스트레이터와 같은 기본적인 디자인 프로그램은 설치되어 있지도 않았다. 아, 설치는 되어 있었다. 정품이 아닐 뿐이었지만.

그 사실을 알게 된 건 D사에 온 지 몇 주 지났을 때였다. 어느 날 갑자기 D사 직원, '김'이 내게 다가와 물어보았다. 사내 컴퓨터에 설치된 디자인 프로그램의 가격은 얼마 정도 되냐고. 그건 D사가 예전부터 쓰고 있던 것이었다. 내가 구매자도 아닌데 왜 그걸 나한테 묻나 싶었다. 그래도 토 달지 않고 순순히 어도비 사이트에 들어가서 두 프로그램의 견적서를 보여 줬다.

"이 정도 가격대예요."

김은 깜짝 놀라 했다.

"왜 이렇게 비싸요?"

비싸고 자시고 예전에 돈을 이미 지급했을 터인데 왜 새삼 놀라는 걸까? 그 의문을 그대로 바깥으로 끄집어냈다.

"알고 계신 거 아니었어요?"

"아니요."

"전에 구매하셨잖아요. 그때 결재하셨을 텐데 왜……."

"글쎄요?"

어째 대화가 자꾸 맞물리지 않았다. 대체 뭔가 해서 D사 컴퓨터 앞에 앉아 전원을 켰다. 나는 출근 첫날을 제외하고는 계속 내 개인 노트북을 지참하여 작업하고 있었다. 구식 모델인 D사 컴퓨터보다는 비교적 최근에 산 내 노트북의 속도가 훨씬 빠르기 때문이었다.

그래서 이 문제를 뒤늦게 눈치챘던 것 같다. D사 컴퓨터의 포토샵에서도, 일러스트레이터에서도 실행할 때 이런 문구가 떠올랐다.

크랙 파일이 손상되었습니다. 정품 인증을 해 주세요.

대체로 이런 문구는 불법적인 경로로 프로그램을 설치했을 경우 뜨는 것이었다. 목덜미가 은근하게 당겨왔다. 어떻게 된 일인지 대충 짐작했지만 김에게 사정을 물었다. 우리 둘의 대화를 근처에서 듣고 있던 D사 정규직 직원 중 '최'가 대신 답해 주었다.

"맞아요. 정식으로 산 거 아니에요."

"네?"

"전에 근무하신 디자이너분이 워낙 그런 쪽에 밝으신 분이더라고요. 혼자서 뚝딱 설치하던데요."

최는 당당한 투로 불법 사실을 밝힌 데다가 전 디자이너를 은근히 칭찬하기까지 했다. 나는 조금 고민하다가 슬쩍 의견을 내 보았다.

"정식으로 사야 하지 않을까요?"

그러자 이런 질문이 왔다.

"얼마인데요?"

최에게도 김에게 보여 줬던 프로그램 견적서를 보여 주었다. 내용을 확인하자마자 최는 즉각 고개를 저었다. 너무 비싸다는 이유에서였다.

구매에 인색한 건 디자인 프로그램만이 아니었다. 폰트나 사진과 같은 기본적인 소스도 구매할 수 없게 했다. 그러니까 D사는 디자인 분야에 전혀 투자할 생각이 없는 회사였다.

그런 분위기다 보니 자연스럽게 디자이너로서의 내 입지는 점점 좁아졌다. 그들은 나를 디자인 전문가로 보는 것이 아니라 이것저것 일을 시켜야 하는데 웬만하면 디자인도 하면 좋을 잡일꾼으로 보고 있었다.

예를 들자면 이런 일들이 있었다.

첫째, 매주 청소했다. 최가 내 손에 밀대를 쥐여 주며 아침에 사무실을 청소하라고 말했을 때 나는 내 두 눈과 두 귀를 의심했다. '응? 내가 왜?' 절로 이런 생각이 들었지만 우선 시키는 대로 했다.

둘째, D사가 주최하는 행사가 열릴 때마다 스태프가 되었다. 카운터에 앉아 관객들을 상대했다. 표를 끊어 주고, 자리를 안내하고, 분실물을 맡아 주고, 사진을 찍어 주었다. '이것도 내가 왜 해?'라는 생각을 지울 수 없었지만 우선 행사 동안 열심히 서비스직에 종사했다.

청소 인력

행사 스태프

잡일꾼

셋째, 잡스러운 일이란 일은 다 했다. 얼어붙은 수도를 녹이고, 짐을 옮기고, 소품을 포장하고, 페인트칠하는 등 내 직무와 하등 상관없는 일들을 했다. D사에서 그래픽 작업을 하는 시간보다 잡일하는 시간이 압도적으로 많아졌을 때 나는 생각이란 걸 더 하지 않기로 했다.

겨울을 벗어나 봄이 된 무렵이었다. 통창 유리를 닦으라는 최의 지시에 따라 의자 위에 서서 걸레질하고 있었다. 걸레 수건이 더러워지고, 창에서 뽀득뽀득 소리가 날 때까지 열심히 닦다가 문득 이런 상상을 해 보았다. 미대에 보내기 위해 물심양면으로 지원해 준 엄마, 함께 디자인에 관해 논했던 내 대학 동기와 선후배님들, 졸업반일 때 계속 대학원에 오라고 꼬였던 지도교수님…… 그 모두의 앞에 내가 힘차게 선언하는 것이다.

'오늘부로 저는 디자이너를 은퇴합니다.'

비아냥이 섞인 상상은 아니었다. (좀 웃기긴 해서 웃음이 섞여 있을지 모르겠지만.) 그저 현 상황을 그대로 인지한 것뿐이었다. 실로 난 프로 디자이너가 되기 위해 D사에 온 것이 아니었다. 길어지는 프리랜서 생활로 인해 불거진 엄마의 걱정과 나의 불안을 잠재우기 위해서였다. 고정 수입, 즉 일정한 금액의 돈을 꾸준히 버는 것이 일차적인 목표였다.

이왕 돈 벌 거 내 경력에 도움도 되고 내 전공과도 연관된 분야라면 더할 나위 없이 좋겠지만 뭐, 현실이 그렇지 못한데 어쩌겠는가. D사에 들어온 애초의 목적을 달성한 것만으로 나는 만족하기로 했다. 잡일꾼이어도 상관없단 마인드를 가지니 사무실을 더 열심히 청소할 수 있었다.

의자에서 내려와 주위를 둘러보았다. 창이 반짝반짝 예쁘게 빛이 났다. 뿌듯한 마음을 안으며 화장실로 가서 걸레를 빨았다. 사무실로 돌아오자 내가 청소한 결과물을 확인한 최가 잘했다고 칭찬했다. 나는 흐뭇해하며 미소를 지었다.

소기업 D사에는 특이한 사람이 많았다.

나만 겸업하는 줄 알았는데, 알고 보니 D사 직원 대부분이 여러 가지 일을 동시에 하고 있었다. 심지어 어떤 사람은 식스 잡을 뛰고 있었다. 그는 가수, 강사, 유튜버 등의 직업을 가지고 있었다. (하도 직업이 많아서 기억이 다 안 난다.) 분 단위로 시간을 쪼개서 일하면 가능하다고, 그는 식스 잡의 비결을 알려 주었다.

특이한 건 그만이 아니었다. 공대 출신인데 연기가 그냥 좋아 배우로 전향한 사람도 있었고, 문화예술 분야에 뒤늦게 관심이 생겨 안정적으로 다니던 대기업을 그만두고 D사에 온 사람도 있었다. D사는 작은 회사였지만 개성 넘치는 직원이 많았다.

대학을 나오고, 전공과 관련된 직무의 인턴이나 계약직을 하며 스펙을 쌓고, 결국 좋은 곳에 성공적으로 취업하는, 이 루트가 정석이라고 생각했던 내게 그들의 삶은 새롭게 다가왔다. 주변 사람들은 제대로 취업하지 않는 나를 안타까워하거나 특이하게 보곤 했는데 D사의 직원들과 비교하자니 내 행보는 평범하기 이를 데가 없었다.

'돈을 벌고 살아가는 방식은 각자 이렇게나 다르구나.'

D사를 다니면서 이런 생각이 점점 뿌리를 잡았다. 그래서 엄마가 이따금 전화로 "취업 준비는 어떻게 돼가니?"라고 물어보면, "그건 모르겠고 이번 달에 많이 벌었어요! 난 이제 벼락부자야!"라는 답으로 시원시원하게 받아칠 수 있었다.

말만 그런 게 아니라 정말 수입이 쏠쏠했다. 외주비와 D사 월급을 합치니, 통장 잔액은 넉넉하다 못해 풍족해졌다. 어떤 달은 인턴 했을 때의 월급 세 배가량을 벌기도 했다. 이 정도면 D사 계약이 끝나고 몇 달간은 괜찮게 지낼 수 있을 것 같았다. 그렇게 외주와 D사는 내 생계를 든든하게 견인하고 있었다.

반면, 글 작업은 전혀 견인해 주지 않았다. 몇 달간 준비한 공모전에 뚝 떨어졌기 때문이다. 그래도 진척은 있었다. 공모전 당선이나 출판 계약은 아직 하지 못했지만, 그 전 단계를 착실히 밟고 있었다. 웹소설 사이트에 무료 연재를 시작한 것이다.

무료 연재는 아마추어 작가들이 데뷔하기 전에 대체로 거치는 절차였다. 모두가 볼 수 있는 사이트에 연재하며 자기 작품을 꾸준히 독자에게 알리고 출판사에 어필하기 위함이었다.

나는 어느 정도 원고 꼭지를 모은 후에 연재하기 시작했다. 꾸준하게 글을 올렸지만 정말 놀랍게도 돌아오는 반응은 없었다! '이 전개는 찢었다'라고 생각하며 쓴 글에 달린 댓글은 없었다. '이 문장은 미쳤다'라며 쓴 글에도 달린 댓글은 없었다. 내가 일부러 구렁텅이에 빠트려 놓았으면서 주인공에 대한 연민을 가득 안고 쓴 글에도 역시나 달린 댓글은 없었다. 도리어 조회 수가 더 떨어지기만 했다. 역시나 인생, 만만치 않다 싶었다.

그렇지만 시간이 어느 정도 지나니 구독자가 한두 명씩 천천히 붙기 시작했다. 꾸준히 댓글을 달아 주는 분도 새로 생겼다. 너무 재밌다고, 다음 편은 언제 나오느냐고, 독자 한 분이 그리 댓글을 달아 주었을 때 느꼈던 전율을 아직도 잊을 수가 없다. 그날은 종일 방정맞게 웃고 다녔다. 혼자 살아서 다행이었다. 아무에게도 이 꼴을 보여 주지 않을 수 있으니.

나쁘지 않은, 실은 꽤 괜찮은 나날을 보냈다. D사에 다니고, 외주 업무를 받고, 글을 쓰는 일상이 계속 이어졌고 어느덧 시기는 여름의 초입에 들어섰다. 날씨가 점차 더워지고 있었다. 한결 가벼워진 옷차림으로 D사 사무실에 앉아 업무를 보고 있을 때였다. 돌연 전화가 왔다. 발신자명을 보자마자 반가움이 일었다. 해리 차장님의 연락은 오랜만이었다. 광고대행사 B사에서 퇴사한 후에도 나는 차장님과 종종 연락을 주고받았다. 해리 차장님은 내가 C사에 들어갔을 때는 조언을, 프리랜서 활동을 시작했을 때는 응원을 아낌없이 건네주었다. 본격적으로 외주 의뢰를 받는 무렵에는 몇 군데 일감을 소개해 주기도 했다. 이제는 외부인이 된 나를 그는 여전히 신경 써 줬고, 나는 여전히 그에게 존경과 감사를 느끼고 있었다.

곧장 사무실을 나가 비상계단에 서서 해리 차장님의 전화를 받았다. 안부 인사가 잠시 오갔고, 차장님이 요즘 어떻게 지내느냐는 물음을 던졌다. 순간 움찔했다. 저번 동기 언니한테 들었던 질문보다 무게가 실린 듯했다. 나는 주저하다가 솔직하게 고했다.

"저 요즘 D사에서 일하고 있어요."

"D사? 뭐 하는 회사인데?"

"아, 그러니까요. 이런 곳인데요……."

어떤 회사인지, 거기서 내가 무얼 하는지 설명하자 전화기 너머가 조용해졌다. 표정을 직접 보지 않아도 알 수 있었다. 해리 차장님은 조금 놀란 듯했다. 나는 어색하게 웃으며 D사 단기계약직 업무만 하는 게 아니라고 말했다. 여전히 C사에서도 외주를 받고 있다고, 황급히 덧붙이자 그럼 요즘은 어떤 외주를 받느냐는 질문이 즉각 찾아왔다. 이번에도 움찔 어깨를 떨었다. 어쩐지 차장님한테 모든 사정을 간파당한 느낌이었다.

현 상황을 좋게 보려 애썼고 그래서 일상을 즐겁게 보내고 있었지만 실상 앞날까지 멀리 바라보면 그리 좋지만은 않은 상황이었다. 이대로 가다간 돈을 벌 수단이 사라질 수 있기 때문이었다.

외주를 꾸준히 받고는 있지만 그중 경력에 도움이 되는 작업물은 별로 없었다. 그 말인즉슨 포트폴리오가 쌓일 일이 없다는 것이다. 나이는 점점 차는데 보유한 디자인 결과물은 대학교를 막 졸업했을 때와 거의 비슷하다니. 곤란했다. 그래서 나도 작년 말부터 포트폴리오가 될 법한, 좋은 프로젝트의 업무를 받으려 꾸준히 노력했으나 그게 내 마음대로 되는 게 아니었다. 그 마음은 외주 의뢰를 주는 회사에서 정할 일이었다.

D사에서의 업무는 말할 것도 없었다. 경력에 별 도움 안 되는, 만능 잡일꾼으로 거듭나는 중이었다.

글 작업도 마찬가지였다. 전업 작가를 노리기에는 내 글 실력이 그리 뛰어나지 못했다. 무료 연재를 하며 작가라는 꿈을 위해 달려가고 있지만, 그 꿈을 언제 이룰지 모르는 일이었다. 설사 이룬다고 해도 내 생계를 책임질 수준까지 다다를 수 있는지가 미지수였다.

내 생계를 책임진다고 확신할 수 있는 건 내 전공, 디자인뿐이었다. 그렇다면 나는 앞으로의 생계를 위해서 슬슬 경력을 쌓아야 했다.

20대에는 짧은 디자인 경험이 용서될 것이다. 지난 몇 개월간 겸업 생활을 하면서, 앞으로 몇 년은 어떻게든 돈을 벌수 있겠다 싶었다. 하지만 30대가 되어서는? 더 나아가 40대에는? 그때도 지금처럼 일을 받을 수 있을까? 의문을 가지지

않을 수 없었다. 그 나이 때면 베테랑 인재가 내 경쟁자가 될 것이다. 대기업 경력자도 있을 것이고, 유명 에이전시 출신인 자도 있겠지. 나는 같은 자리에 머물러 있는데 말이다. 나이에 걸맞은, 그럴듯한 경력 하나 없는 내게 구태여 일을 맡길 이유가 무엇일지 생각해 보았다. 아무리 생각해 보아도 그 이유를 찾을 수 없었다.

외주가 들어오지 않아 수입이 걱정된다면 지금처럼 단기계약직 일을 구하는 방법이 있긴 했다. 그러나 내가 언제까지 D사 같은 회사들을 전전할 수 있을지 알 수 없었다. 언젠가는 한계가 있을 게 뻔했다. 알바 구인 공고에도 나이 제한을 거는 세상이다.

당장 생각할 문제는 아니니 일부러 저 멀리 치워 두었다. 그런데 해리 차장님이 던진 고작 서너 개의 질문만으로 숨겨 둔 문제가 수면 위로 떠올랐다. 변명과 같은 내 설명을 가만히 듣던 차장님이 다른 질문을 꺼냈다.

"너…… 혹시 취업 안 할 거야? 언제까지 그러려고?"

지금까지 주야장천 들어온 말이었다. 이제 익숙해질 법도 한데 나는 그 어느 때보다 세차게 흔들렸다. 해리 차장님의 말 한마디가 위력적이었다.

D사 직원들의 특이한 행보를 지켜보면서 '돈을 벌고 살아가는 방식은 각자 이렇게나 다르구나.'라고 깨우칠 수 있었다. 그렇지만 내가 돈을 버는 방식이 어떻게 남들과 다를 수 있

을지 아직 확신이 서지 않은 채였다.

　결국에는 내 실력이 문제였다. 디자인 실력도, 글 실력도 무엇 하나 자신이 없으니 무경력이란 타이틀 앞에서 당당해질 수 없는 것이다. 내 앞날이 안온하리라고 당당히 확신할 수 없는 것이다. 또다시 모든 게 잘못된 기분이 들었다.

굿바이, 비정규직

나는 머뭇거리다가 입을 열었다. 스타트업 C사 퇴사 후, 줄곧 유보하고 있던 답을 꺼낼 수밖에 없었다.

"아뇨, 저도 취업해야죠."

1년간의 프리랜서 생활 끝에 든 백기였다. 해리 차장님은 "그래, 도와줄게."라고 답했다.

그 뒤로 정말 그는 나를 전폭적으로 도와주었다. 인맥을 통해 여러 회사에 내 이력서와 포트폴리오를 뿌려줬다. 회사 목록 안에는 누구나 아는 대기업도 있었고, 유명한 중소기업도 있었고, 내실이 탄탄한 스타트업도 있었다. 경력직을 찾는 자리에도 "얘가 참 잘하는 친구야."라며 내 이력서를 들이밀었다고 했다.

나를 추천해 주는 건 사실 해리 차장님한테 리스크가 있는 일이었다. 차장님의 말만 믿고 나를 채용했는데 내 수준이 기대 이하하면 어떡하겠는가. 그들은 나를 욕하면서 동시에 해리 차장님도 욕할 것이다. 내 평판이 차장님의 평판까지 영향을 끼칠 수 있었다. 차장님도 그 사실을 알고 있을 텐데,

서슴없이 이곳저곳에 나를 추천해 주고 다녔다. 너무나도 감사한 일이었다. 사실 감사한 걸 넘어서 감동까지 받았다. 급격히 취업 전선에 뛰어드는 바람에 내 마음이 영 개운치 않은 것과는 별개로 말이다.

어느 평일 오후였다. 불현듯 한 회사에서 전화가 왔다. 통화 상대는 해리 차장님이 돌린 내 이력서와 포트폴리오를 봤고 그 내용이 마음에 들어서 연락했다고 말했다. 그러고는 대뜸 질문했다.

"혹시 언제 시간 되세요? 한번 얼굴 보고 이야기 나누면 좋겠어요."

나는 얼떨떨하게 비어 있는 시간을 말했다. 그러자 상대방이 장소를 정해 주었다. 어쩌다 보니 면접이 잡혔다.

연락을 준 회사는 E사로, 광고대행사였다. 내 B사 인턴 경험과 포트폴리오를 좋게 본 모양이었다. 규모는 그리 크지 않은 회사였지만 E사는 광고업계에서 유명했다. 감각적인 CF를 많이 만들었고 매년 여러 광고 대상에서 상을 탔기 때문이다. 그래서 나도 E사를 예전부터 알고 있었다.

솔직히 시인하자면 E사를 알게 된 데는 그 명성만 있지는 않았다. 항간에 떠돌아다니는 소문도 있었다. E사의 근무 환경이 꽤 혹독하다는 소문 말이다.

그 소문이 광고업계에서 얼마나 자자했냐면 한때 광고 공모전을 함께 준비했던 친구에게 E사 면접을 보게 되었다고 말하니 바로 그가 반대할 정도였다.

"헉, 안돼!"

그는 나를 그냥 말리는 것도 아니고 엄청나게 말렸다. 그는 자신이 아는 E사에 관한 이야기를 들려주었다. 덕분에 등골이 서늘한 감각을 오랜만에 제대로 느낄 수 있었다.

잡플래닛에도 그가 했던 말과 비슷한 내용의 후기가 많았다. 난 그렇게 무서운 이야기만 가득 찬 회사 후기는 처음 보았다. '과로로 인해 E사 재직 중 생명의 위협까지 느꼈습니다.' 어떤 후기에는 그런 말이 적혀 있기도 했다. 그 후기를 읽자마자 그냥 사이트에서 나왔다. 차라리 아무것도 안 보는 게 정신건강에 더 이로울 것 같았다.

E사를 조사하는 내내, 마치 악성 코드가 심어진 사이트에서 마구잡이로 튀어나오는 경고 창을 마주하는 기분이었지만 애써 무시하며 면접장 안으로 발걸음을 뗐다. 악의 소굴처럼 묘사된 E사는 실제 가서 둘러보니 전혀 그런 느낌이 나지 않았다. 지극히 평범했고 깔끔했다. 규모가 크지는 않았으나 D사만큼 작지도 않았다. 적어도 화장실 수도가 얼 일은 없어 보였다. 나는 마음을 조금 내려놓고 면접에 임할 수 있었다. 지금까지 잘 본 면접 TOP 5안에 선정될 만큼 면접을 잘 보았다. 그들의 질문에 막힘없이 술술 답변을 내놓았다. 그 때문일까, 철석같이 붙고 말았다. 그것도 정규직 사원으로. 얼떨결에 취업해 버린 것이다.

해리 차장님한테 합격 소식을 전했다. 그는 축하한다는 말을 전해 주었다. 광고업계를 잘 아는 친구에게도 E사에 합격했다고 말했다. 그는 떨떠름해하면서도 축하해 주었다. 엄마에게도 말했다. 엄마의 반응은 앞 둘과는 영 달랐다. 소식을 전하자마자 엄마는 걱정에 찬 말부터 쏟아냈다.

E사라니 거기가 대체 어디냐, 뭐 하는 회사냐, 정말 괜찮은 곳이 맞느냐, 왜 또 광고대행사냐…… 등. 엄마의 부정적인 질문은 끝없이 이어졌다. 생각과 전혀 다른 반응에 당혹스러웠다.

"나 정규직으로 취업한 건데, 안 기뻐?"

"글쎄. 기쁘긴 하지만……."

엄마는 내 물음에 한참 목소리를 끌다가, 마저 답했다.

"난 네가 덜 고생했으면 좋겠어."

제때 출근하고, 제때 퇴근하고, 일 스트레스는 적고, 그러면서도 고용 안정성이 있고, 내 전공과 관련된 일까지 할 수 있는, 그런 직장에 들어가기를 바란다고, 엄마는 뒤이어 말했다. 나는 엄마가 너무 이상적인 바람을 가지고 있다고 생각하면서도 별말 붙이지 않고 순순히 긍정했다. 그리고 부러 쾌활하게 굴었다.

"괜찮을 거야. E사가 바로 그런 회사일 수 있잖아?"

때마침, 주 52시간 근무제 전면 도입을 앞둔 시기였다. 제아무리 일 많기로 유명한 E사라 할지라도 대한민국의 모든 회사가 지켜야 하는 노동법을 무시할 수는 없을 것이다. 내가 해당 법 도입까지 언급하니, 그제야 엄마는 안심하고 내게 축하한다는 말을 전했다.

그로부터 얼마 지나지 않아 나는 D사에서 퇴사했다.

소기업 D사 퇴사로 깨달은 건 하나였다. 하고 싶은 일과 해야 하는 일의 적절한 공존이 어렵다는 것. 그 사이에서 줄타기를 잘해야 한다는 교훈도 덤으로 얻었다. 하고 싶은 일만 하고 살면 당장은 행복하겠지만 현실에서 멀어지게 된다. 다 큰 성인으로서 마땅히 책임져야 할 부분까지 놓치고 마는 것이다. 반면, 해야 하는 일만 좇고 살면 내 행복은 사라진다. 일상이 피폐해지고 나의 이상이 사라져 간다.

그간 쓰리 잡을 뛰면서 아슬아슬하게 줄타기를 했으나 1년이 다 가도록 완전한 균형점을 찾지 못했고, 끝내 정규직 취업이란 선택지를 고르게 되었다. 그렇다고 해서 지난 시간이 의미 없었다는 이야기는 아니다. 도리어 가장 많은 것을 느끼고 생각하고 행동할 수 있는 나날이었다. 이렇게 바쁘게 지내면서도 하루하루 큰 스트레스 없이 보내 본 적은 대학 졸업 이후에 없었던 것 같다. 게다가 나는 아직 완전히 줄에서 내려오지 않았다. 비록 D사 퇴사와 함께 프리랜서 생활도 청산했으나 글만큼은 내려놓지 않을 생각이다. E사에 들어가고 나서도 계속 쓸 것이다. 그뿐 아니라 광고대행사 B사를 다녔을 때처럼 무식하게 내 건강을 해치면서까지 일하지 않을 것이다. 스타트업 C사에서 퇴사한 직후처럼 하기 싫은 건 하지 않겠다고 말하며 살아갈 것이다.

그런 다짐을 안고 E사에 출근했다. 이로써 다섯 번째, 정규직으로서는 첫 번째 입사였다.

굿바이, 비정규직

주변 식당 ★★
D사 주변에는 식당이 별로 없었다. 그래서 나는 주로 편의점 도시락이나 빵으로 점심을 해결하는 편이었다.

시설 ★
보일러가 먹통이라 겨울마다 꽤 고생했던 내 대학생 시절의 자취방도 D사만큼은 아니었다. 정말이지, D사 사무실은 춥다 못해 싸늘했다. 몸속으로 파고드는 한기란 무엇인지 D사를 다니면서 깨우칠 수 있었다.

복지 ★★★
D사 대표님이 계약직 직원에게도 복지를 최대한 보장하려고 해서 감사했다. 명절 보너스를 챙겨 주기도 했다. 당시 그 돈을 엄마에게 드렸는데 그럴듯한 사회인이 된 기분이라 들떴다. 받는 엄마도 좋아했다.

장비 ★
1점을 주는 것도 아까울 수준이었다. 우선 디자인 프로그램부터 정품으로 다시 설치하길 바란다.

사내 분위기 ★★★★
친절하고 배려심 깊은 분위기였다. 정규직 직원과 큰 차별 없이 D사를 다닐 수 있었다. 직급 간의 차이가 스트레스가 되지 않는 경험은 이곳에서 처음 겪어 보았다.

5.
잘 산다는 것은 무엇일까?

광고대행사 E사 입사와 퇴사

24시간이 모자라

결론부터 말하겠다. 근무 환경이 혹독하다는 E사의 소문은 정확했다. 아니, 소문 그 이상이었다. 나는 어째서 E사에 대한 소문이 광고업계에서만 떠도는지가 궁금했다. 이 정도면 모든 업계의 직장인이, 더 나아가 대한민국 전 국민이 알아야 할 정도였다. 뉴스에도 나오고 기사에도 실리고 그래야한단 말이다. 그런데 왜 이렇게 조용하지? 어떻게 모르지? 내가 이 의구심을 E사 동료 '온'에게 토로하자, 그녀는 E사가 작은 회사이므로 그 악명이 더 퍼질 수도 없다는 우습고도 슬픈 진실을 알려 주었다.

나는 E사로 출근한 이튿날부터 자정 가까이 야근했다. 그래도 괜찮았다. B사 인턴 생활로 이미 한번 단련된 나는 대수롭지 않게 넘겼다. 문제는 그 이후였다. 그다음 날도, 그다음 다음 날도 야근했으며 심지어 주말에도 빈번하게 출근했다.

밤을 새우는 경우도 허다했다. 회사 회의실에서 새우잠을 자본 경험이 있는가? 나는 원래 없었는데, E사에 입사한 이후 그 진귀한 경험을 얻게 되었다. 본래 잠자는 행위에 안락함을 느껴야 하는데 나는 자꾸 처량함을 느꼈다. 그보다 더 처량한 건 눈치가 보여서 회의실 책상 위에서 자는 경우보다 화장실 변기에 앉아 자는 경우가 훨씬 많았다는 사실이다. 침까지 질질 흘리며 수마에 빠져 있다가 옆 칸의 볼일 보는 소리에 퍼뜩 깨곤 했다.

물론! 당연히! (이게 당연한 일이 되면 안 되지만……) 같은 광고대행사인 B사에서도 철야 작업을 한 적이 있었다. 하지만 그 횟수는 아주 적었고 만약 철야하게 되더라도 회사에서 잠을 자지는 않았다. 일이 다 끝난 이른 아침에 B사 사람들은 내 귀가를 허락해 주는 편이었다. 20시간 정도 연달아 일한 나는 내 집으로 돌아가 침대 위에서 숙면할 수 있었다. 물론 그날은 B사에 출근하지 않아도 됐다. 이미 이틀 치 노동량을 하루에 다 했으므로.

하지만 E사 사람들은 내가 밤을 새우든 말든 순순히 집에 보내 주지 않았다. 새벽에 회의실에서 잠깐 자게 하고는 몇 시간 뒤에 나를 깨워 다시 일을 시켰다. 혹은 아침에 집에 보내줄 때도 있지만, 그런 경우에는 오후에 다시 출근하기를 요구했고 심지어 저녁까지 또 야근을 시키곤 했다. 언젠가는 이틀 연속으로 철야했다. 믿기는가? 지금 이 내용을 쓰고 있는 나도 믿기지 않는다!

E사는 차원이 다른 회사였다. 일이 많다고 우는소리를 하며 다녔던 B사도, C사도 E사만큼은 아니었다. 비교조차 불

가능했다. B사와 C사가 그냥 커피라면 E사는 티오피…… 아니다. 티오피에 실례되는 발언이다. 정정하겠다. B사와 C사가 그냥 커피라면 E사는 사약을 탄 블랙커피였다. 그야말로 E사는 반박할 여지 하나 없는 블랙 기업, 그 자체였다.

입사 전 기대했던 주 52시간 근무제 전면 도입은 일절 도움이 되지 않았다. 그건 그저 허울 좋은 노동법에 불과했다. E사의 임원진 그 누구도 지키지 않았고 지킬 생각도 하지 않았다. 당시, 언론에서는 주 52시간을 지키는 대기업의 훌륭한 모습과 주 52시간 때문에 일을 더 하지 못해 돈을 더 벌지 못하는 노동자의 근심을 주로 취재했다. 나같이 평균 주 70시간 일하면서도 돈을 더 벌지도 못하는, 비애에 찬 직장인을 별로 조명하지 않았다는 이야기다. 울분 터질 일이었다. 내가 처한 꼴을 아래에 간단히 정리해 보겠다.

- 주 70시간 근무 = 주 52시간 근무제의 오용
- 야근 수당 없는 임금 = 포괄 임금제의 남용

이렇게 E사는 두 제도를 심히 개성적으로 해석해 함부로 활용했다. 그 덕분에 나는 아주 괴로운 나날을 보낼 수 있었다. 소기업 D사에서 퇴사하면서 가졌던 다짐은 입사하자마자 무용지물이 되었다. 사내 전체 규칙을 뒤집을 수 있을 만큼 나 개인의 다짐은 그리 대단치 못했다.

E사 같은 회사가 대한민국에 또 있지 않을까? 거기 직원들은 어떻게 살고 있을까? 나와는 다르게 살까? 등이 궁금했던 나는 시간이 날 때마다 인터넷 검색창에 관련 키워드를 넣어 집요하게 기사를 찾아다녔다. 그러다 우연히 한 기사*를 읽게 되었다.

기사 내용을 요약하자면, 2015년, 일본 유명 광고회사 덴츠에서 사건이 일어났다. 바로 신입사원이 과로로 자살한 사건이다. 입사 이후, 월 99~130시간 잔업에 시달리던 신입사원 '다카하시 마츠리'는 이대로라면 죽는 게 더 편하다는 말을 남기고 크리스마스 날 스스로 목숨을 끊었다. 그 일로 인해 덴츠는 한동안 몸살을 앓게 됐다고 한다. 덴츠 수뇌부는 기자회견을 열어 공개 사과를 했고, 대표는 그 자리에서 책임을 지고 사임하겠다는 뜻을 밝혔다.

옆 나라의 일인 데다가 시간이 꽤 지난 일인데도, 나는 그 기사를 읽은 뒤 종종 덴츠 신입사원을 떠올렸다. 유족이 공개한 그녀의 사진을 생각하는 것만으로 가슴이 울렁였다. 증명사진 속 그녀는 무척이나 앳된 얼굴을 하고 있었다.

고인에게 깊이 공감할 정도로 내 과로가 그녀만큼이냐고 혹여 묻는다면 아니라고 답하겠다. 아니긴 했지만, 곧 그리될

* 김의철, 「신입 사원 '과로 자살' 파문…日 대기업 사장 결국 사임」, 『KBS NEWS』, 2016년 12월 29일, https://news.kbs.co.kr/news/view.do?ncd=3402391, 2022년 8월 30일

수도 있겠다고는 생각했다. 내 최장 근무 시간이 월 280시간 정도였기 때문이다. (근무일 기준으로) 하루 평균 14시간을 일한 셈이었고, 매일 자정에 퇴근한 것이나 다름없었다.

사실 280시간보다 더 일했을 수도 있다. 어느 순간 출퇴근 기록을 성실히 남기지 않았기에 나도 내가 얼마나 추가 근무를 한 건지 정확하게 알 수 없었다. 제대로 기록하지 않은 이유는 단순했다. 해야 할 필요성을 못 느꼈다.

입사 초기에는 총 근무 시간에서 1시간이라도 누락되면 관리자에게 연락해 수정을 요청했다. 하지만 꼼꼼히 기록해봤자 내게 득 될 것 하나 없다는 사실을 깨달은 뒤로는 그만두었다. 포괄임금제 탓에 야근 수당이 없었다. 그나마 보상 휴가가 주어지기는 했으나 사실상 무용지물인 제도였다. 보상 휴가에는 사용 기한이 있는데, 그 기한 내에 쓰지 않으면 자동 소멸하였다. 너무 일이 많아 기본 연차도 쓰지 못하는 상황에서 보상 휴가를 제때 쓸 수 있을 리가 없었다. 차라리 없는 셈 치는 게 속 편했다. 그래서 언제부터인가 나는 1시간이 아니라 26시간이 누락되어도 대수롭지 않게 넘기는 E사의 직원이 되고 말았다.

신경 쓰지 않았다면서 26시간이 누락된 건 또 어떻게 알았느냐고? 나도 모르고 있었는데 연락을 받아서 우연히 알게 되었다.

그 황당했던 대화를 아주 잘 기억한다. 일을 한창 하고 있을 때 E사의 재무 담당 직원에게 메시지가 왔다.

절로 "그럴 리가."라는 중얼거림이 튀어나왔다. 하루치 휴가
도 쓴 적이 없는데 대체 무슨 소리인가 싶어 내 출퇴근 기록
을 살펴보았다. 내용을 확인하자마자 피식 헛웃음이 나왔다.

사건의 진상은 이러했다. 당시 나는 6일 오전 9시에 출근
해서 7일 오전 11시에 퇴근했다. 세상 어떤 인간이 24시간
넘게 연속으로 근무할 리가 있겠느냐며, 멋대로 판단한 회사
시스템이 6일과 7일 근무 시간을 멋대로 기록하지 않은 것이
다. 그래서 자동으로 결근 처리된 모양이었다. 실상 그 이틀
간 26시간 꼬박 일했는데 말이다.

이 어처구니없는 일을 친하게 지내는 E사 동료인 '온'과
'강'에게 전했다. 그러자 연민으로 가득 찬 위로가 돌아왔다.

"힘내요…… E사는 미쳤어요."

"제발 도망치세요……. 빨리 도망쳐."

그렇게 말하는 그들도 사실 나와 별다를 게 없는 상황이었
다. 내가 밤을 새우고 있으면 그들도 밤을 새우고 있었으며,
내가 화장실에서 졸고 있으면 그들도 어디에선가 졸고 있었
다. 새벽에 간혹 회사 복도에서 온, 강과 마주칠 때가 있는데
그때마다 우리는 서로를 아련하게 쳐다봤다.

'지금이 몇 시인데 왜 집에 안 가고 회사에 있으신가

172

요······. 어서 퇴근하길 바라요······.'

눈빛을 교환하는 것만으로 그 속마음이 전해졌다. E사의 직원인 이상, 우리는 모두 불쌍한 존재였다.

그래도 희망을 잃지 않았다. 언젠가는 상황이 나아지리라고 낙관해 보았다. 이번 제안만 잘 넘기면 될 거야, 이번 피드백만 잘 고치면 될 거야, 하다못해 광고 촬영을 마치면 정말로 여유로워질 거야. 그렇게 생각하며 하루하루를 버텼다. 그런 나날을 보내다 보니 어느덧 팀 프로젝트가 하나둘씩 마무리 지어지고 있었다. 이제 끝없이 몰아치는 업무와 계속된 야근에서 벗어날 수 있게 된 것이다! 금빛 자수가 새겨진 양말이라도 받은 기분이었다.

"나는 자유야!"

광고 촬영까지 끝낸 다음 날, 나는 회사 건물 테라스에서 하늘을 향해 양팔을 쭉 뻗었다. 상쾌했다. 하루 정도는 연차를 쓸 수 있을 것 같아, E사 동료들에게 휴가를 낼 것이라고 말했다. 어디 놀러 갈 거냐는 물음에 나는 그냥 집에서 온종일 뒹굴뒹굴할 거라고 답했다.

그 바람이 이뤄졌다면 얼마나 좋았을까.

얼마 안 지나서 나의 원대한 휴가 계획은 허무하게 허공으로 사라졌다. 새로운 프로젝트에 바로 투입된 까닭이었다. 이번에는 경쟁 PT 건이었다. 결국, 나는 전과 다를 바 없는 회사 생활을 하게 됐다. 또다시 야근하기 시작했다.

손바닥만 한 명함이 지닌 정규직의 무게

앞에서 E사의 나쁜 점만 빼곡히 썼는데 좋은 점도 물론 있었다. (생각을 좀 오래 해야 하지만.) 이번 글에서는 E사에 다니면서 느꼈던 장점 두 가지를 꼽아보고 서술하고자 한다.

먼저 첫 번째 장점으로는 나만의 명함이 생겼다. 한 손으로도 집을 수 있는, 그 작은 종이 쪼가리가 가진 위력은 상상 이상이었다. 오히려 명함을 처음 받은 순간에는 시큰둥하게 굴었다. '아, 정규직으로 입사하니 나왔나 보네.' 이 정도의 감상이었다. 하지만 시간이 흐를수록 명함 속에 내포된 많은 뜻을 눈치채고 이해하기 시작했다.

명함을 가진다는 건, 즉 내게 공식적인 소속이 생겼다는 걸 의미했다. 늘 선 바깥에서 서성였던 내가 드디어 선 안의 인간이 된 것이다. 지금껏 경험 못 한 소속감을 제대로 느낄 수 있었다. 더군다나 명함을 내미는 것만으로 나를 잘 모르는 이에게 손쉽게 업계 전문가로 인정받을 수 있었다. 더는 미팅할 때 "저는 명함이 없어서요."라고 말하며 내 소개를 어물쩍 넘기거나 "그건 제가 결정할 권한은 없어서요. 회사 내

부 담당자한테 물어볼래요?"라고 말하며 머쓱하게 웃을 필요가 없단 이야기다. 나는 적극적이고도 당당하게 업무에 임할수 있었다.

그리고 두 번째 장점으로는 공감력이 증대했다. 회사 생활, 그중에서 특히 상사라는 존재에 관해서 말이다. 예전에는 나를 다그치거나 일을 많이 주는 상사가 그저 원망스러웠는데 지금은 원망만 하지 않게 되었다. (전혀 원망스럽지 않다고는 말 못 하겠다.) 어느 순간 상사의 단면이 아니라 여러 면이 보였기에 존경, 감탄, 연민 등의 감정도 함께 느끼게 되었다.

아무리 신입이라 할지라도 정규직이 되고 나니 요구되는 역량이 전과는 확연히 달라졌다. 업무를 보조하는 수준에 그치는 것이 아니라, 프로젝트 일부분을 이끌어야 하는 위치에 놓이게 된 것이다. 정규직이란 그런 책임을 요구받는 자리임을 알고 있었다. 알고는 있었지만 취업하고 나서야 그 무게를 실감할 수 있었다.

B사 때는 아이디어를 내놓기만 했다면, E사에서는 아이디어가 TV 광고로 나올 때까지 정교하게 다듬고 또 다듬어야 했다. B사 때는 포스터 시안만 작업했다면, E사 때는 포스터가 실제 전광판에 올라갈 때까지 완벽히 작업해야 했다. 내손을 거치는 작업물이 과정작이 아니라 결과물이 되어야 하는 것이다. 업무 난도가 훌쩍 올라갔다.

비주얼 작업만이 아니라 디렉터 역할 또한 잘 수행해야 했다. 프리랜서나 관계사와 소통하며 결과물을 산출하는 업무를 종종 맡았는데 그게 꽤 어려웠다. 어떨 때는 상대방이 귀찮아할 정도로 세세한 피드백을 줘야 했고, 어느 날에는 굽신거리면서 부탁해야 했고, 또 언제는 회사의 뜻을 고수하며 단호하게 나가야 했다. 그 과정에서 내 피드백대로 따라오지 않아 화를 삼킨 적도, 원하는 방향으로 협력이 이루어지지 않아 골머리를 썩인 적도 많았다.

그래서 이 모든 일을 능숙하게 해내는 E사의 상사들이 대단하게 보였고 한편으로는 힘들겠다는 생각을 가졌다. 신입인 주제에 업계 베테랑인 그들의 노고를 감히 공감하는 것이다. 거기서 더 나아가 전 회사 상사들에게도 비슷한 감정을 느끼게 되었다.

왜 그렇게 B사 사람들이 내 실수를 예민하게 받아들이고 지적했는지를 알 수 있었다. 예전에는 이성적으로 그 사정을 이해하려 들었다면 이번에는 감정적으로까지 이해할 수 있었다. 하루하루 바쁘고, 일은 몰려오고, 상황은 예측불허하게 흘러가고. 그런 조건에 놓였는데 어떻게 여유를 가지겠는가. 언제까지 실수를 친절히 눈감아 줄 수 있을까. 해리 차장님처럼 굉장한 포용력의 소유자가 아닌 이상 힘들 것이다. 내가 내 요청 사항을 어기는 이들에게 마냥 답답함을 느끼듯이 B사 사람들도 자신의 지시에 잘 따르지 못했던 내가 퍽 답답했으리라.

그리고 퇴사 전날, 내 모든 면을 지적했던 C사 팀장님의 처지도 이해가 됐다. 나는 고작 프로젝트 일부를 담당할 뿐인데도 온갖 애를 쓰고 있지 않은가. 그런데 프로젝트 하나가 아니라 팀 전체를 이끄는 C사의 팀장님은 과연 어땠을까. 아마 내가 상상할 수 없을 정도로 많은 수고를 들이지 않았을까? 어딘가 열렬함이 부족해 보이는 인턴의 모습이 그의 눈에는 거슬릴 수밖에 없을 테다.

전 회사 사람들의 태도를 좋게 본 것도, 그들로 인해 받은 내 상처가 당연하다고 합리화하려는 것도 아니다. 그저 그들의 어깨에 올려진 짐과 그 무게만큼은 공감할 수 있다는 것이다.

'그때 저만 힘든 줄 알았는데 당신들도 힘들었던 거군요.'

이런 생각이 들었던 것 같다. 시야가 조금은 넓어진 기분이었다.

아무튼 E사의 이야기로 돌아가자면, 그러니까 나는 나를 혹사하는 E사의 상사들이 미우면서도 결국 완전히 미워할 수는 없었다는 것이다. 미우나 고우나 그들은 나의 동료였다. 우리는 프로젝트 성공을 위해 나아가는 한 배에 탄 셈이었다. 내가 선원이라면 그들은 선장이었다.

상사들은 배 선두에 나가 항로를 정하고 키를 잡았다. 선미에서 노를 열심히 젓는 나의 분투도 대단한 것이지만 그 무거운 배를 이끌며 길을 찾는 그들의 분투는 더욱 대단한 것이었다. 아마도 상사들은 나보다 열 배 이상의 일을 했을 것이다. 철야 작업을 하다가 깜빡 잠이 들어 고개를 연신 꾸벅이는 '석' 팀장님을 볼 때 느꼈던 그 기분이란. 과로로 눈주위가 퀭해진 내가 할 말은 아니었지만, 팀장님이 무척 짠해 보였다.

팀 회식을 늦은 저녁까지 했던 날, 술에 취한 석 팀장님이 내게 두서없이 이런 말을 꺼낸 적이 있었다.

"네가 지금 처리하는 자잘한 일들, 누군가는 별거 아니라고 볼 수 있지만 사실 우리 팀의 무사에는 네 일조가 커. 그 자잘한 일들이 은근히 중요한 법이야."

내용이 길지만, 결국 내게 고생이 많다고 말하려는 걸 알아챘다. 나의 수고로움을 이해해 주는 석 팀장님에게 감사했다. 나 역시 그의 수고로움을 이해하기에 혀끝까지 올라온 E사에 대한 불만을 잠자코 삼켰다.

하지만 여기까지였다. 이런 장점들이 있다고 해서 언제까지나 회사에 대한 불만을 억누를 수는 없는 노릇이었다. 날이 갈수록 가혹해지는 근무 환경에 나는 지쳐 버렸다. 얼마나 지쳤느냐면 퇴근 이후 손 하나 까닥하기 힘들 지경에 이르렀다.

지하철이나 택시를 타고 내가 사는 동네에 내리고 나면 나는 곧장 집으로 발걸음을 옮기지 않았다. 적어도 10분간 역사 벤치나 화단 턱에 가만히 앉아 힘을 보충했다. 집으로 걸어가는 그 사소한 행위조차 버거웠다. 심각한 무기력 증세

였다.

집은 그냥 방치했다. 먹고 싸고 씻고 자고, 자취방에서는 이 네 가지 일만 했던 것 같다. 청소하지 않았고 빨래하지 않았고 설거지하지 않았다. 그래도 매일 출근해야 하니 외출복은 종종 빨긴 했지만 그게 내가 하는 집안일의 전부였다.

어느 새벽, 그날도 늦게까지 일을 하고 집에 돌아왔다. 출근 전까지 두세 시간만 잘 수 있던 나는 옷을 휙 벗어 던지고 침대로 직행했다. 그러다 발에 무언가가 걸려 도중에 걸음을 멈췄다. 바닥을 내려 보았다. 여러 옷 가지가 널려 있었다. 고개를 들어 자취방 전경을 훑어보았다. 방바닥은 엉망이었고 개수대에는 다 먹고 난 편의점 도시락 용기가 쌓여 있었다. 가스레인지는 쓴 흔적이 없었으며 냉장고에는 유통기한 지난 음식만 빼곡히 담겨 있었다. 엉망인 집안 꼴을 새삼스레 눈에 담았다. 잘 살기 위해 회사에 들어갔건만 언제부터인가 주객전도가 되어 버렸다. 회사에 다니기 위해 잘 사는 것을 포기하고 있었다.

포기한 건 그뿐만이 아니었다. 나는 작가라는 꿈도 포기한 상태였다. 글을 쓸 시간이 별로 없었다. E사에 입사하고 나서 어떻게든 연재를 이어가 보려고 했다. 잠을 줄여가며 적어도 하루에 30분은 글을 쓰려고 애썼다. 하지만 그 노력은 오래 가지 못했다. 우선 너무 피로했다. 글을 쓰면서 느끼는 충족감보다 잠을 자지 못해 오는 노곤함이 훨씬 컸다. 그로 인해

30분을 쓰든, 그보다 더 시간을 내서 쓰든 글의 수준이 올라갈 수 없었다. 한두 줄 쓰는 게 고작인 나날이 이어졌고 끝내 연재를 중단했다. 한글 프로그램도 더는 켜지 않았다.

어쩔 수 없지. 그리 생각하며 E사 생활을 이어갔다. 경쟁 PT는 어느새 마무리 단계에 왔고 나는 다시금 희망을 품어보았다. 이제 좀 쉴 수 있겠지? 상황이 나아지겠지? 그런데 웬걸. 일이 또 들어오고 말았다. 이번에도 경쟁 PT 건이었다. 야근이 끝날 기미가 도통 안 보였다.

정신없이 일하다 보니 언제부터인가 가을이 찾아와 있었다.

회사 복도의 창 너머로 청명한 하늘을 멍하게 보다가 화장실로 이동했다. 평소처럼 잠시 눈을 붙일 요량으로 간 건 아니었다. 시도 때도 없이 울컥 치미는 감정을 다스리기 위함이었다. 내 일그러진 표정을 동료들에게 들킬까 봐 걱정됐다.

다행히 화장실에는 아무도 없었다. 나는 칸에 들어가 문을 잠그고 마른세수를 거칠게 했다. 그런데도 쉽사리 추슬러지지 않았다. 이상한 일이었다. 상사에게 딱히 혼이 나지도 않았고, 번거로운 작업이 많지도 않았으며, 아직 오후 4시라 야근을 하고 있지도 않았다. 이토록 무탈한 날인데 왜 자꾸 마음이 붕 떠오르는 걸까.

'어차피 오늘 밤에도 야근하겠지?'라는 생각이 자꾸 들어서 이러는 걸까? 아니면 연일 몰려오는 업무가 새삼 버거워서?

정확한 이유를 알기 어려웠지만 내 등은 점점 굽어졌다. 정신 차리기 위해 사무실을 벗어나 여기에 온 건데 도리어 주변에 아무도 없다 보니 내 이성은 더욱 빠르게 무너졌다. 얼굴을 감싼 손바닥에서 열기가 느껴졌다.

'회사에서 이러지 말자. 제발.'

이성 끄트머리를 붙잡고 나 자신에게 애원해 봤으나 아무런 소용이 없었다. 울컥거림이 기어이 목구멍이 타고 올라와 바깥으로 터졌다. 몸을 웅크린 채 실컷 토해냈다. E사 건물은 전체적으로 방음이 좋지 못했다. 누군가에게 들릴지 모르겠단 걱정이 들었다. 그러나 떨구어지는 눈물을 멈출 재간은 없었다. 끝내 자리를 오랫동안 비울 수밖에 없었다.

아무래도 나는 완전히 지쳐 버린 모양이었다.

과로사 말고 퇴사하자

뚜렷한 이유 없이 오열한 뒤로도 나는 종종 예기치 못한 순간에 눈물을 흘렸다. 눈물샘 어딘가가 고장 난 듯했다. 더는 이렇게 질질 짜면서 살 수는 없었다. 그래서 나와 비슷한 나이대인 E사 동료들에게 묻고 다녔다. 왜 E사에 계속 다니느냐고. 돌파구를 어떻게든 찾고 싶었다. 언뜻 무례해 보일 수 있는 질문에 그들은 성실히 답해 주었다.

"경력을 위해서요. 힘들긴 한데 공부가 많이 돼요."

'온'은 그렇게 답했다.

"웬만하면 다른 광고회사로 가고 싶죠. 근데 이직할 시간도 없는데 어쩌겠어요."

'강'의 답은 다소 달랐다.

"전 일 많이 하는 거 좋아해요."

'이'의 답은 그저 놀라웠다. 나는 다 알아들었으면서도 도저히 믿기지 않아 되물어 보았다.

"뭐라고요? 다시 말해 줄래요?"

그러자 이는 비슷하지만 조금 더 진심을 담은 답을 내놓

왔다.

"광고 일하는 거 재밌어요."

각양각색의 답변이 나왔으나 뚜렷한 공통점이 있었다. 그들 모두가 광고를 좋아한다는 것, 그리고 앞으로 광고인으로 살아갈 다짐을 하고 있다는 것이었다. 나만이 E사에 온 목적이 달랐다. 하고 싶은 일만 하며 살고 싶은데 여건상 그건 불가능했고, 그래서 적절한 줄타기를 할 수 있는 수단으로써 E사를 선택한 것뿐이었다. 광고에 대한 애정도 그들만큼은 아니었고 게다가 이쪽에 별 재능도 없었다. 이 사실들을 몰랐던 것도 아니었다. B사에서 인턴으로 지냈을 적 이미 한번 깨우쳤다. 그런데 왜 또 광고업계에 발을 들였던 걸까. 학습 능력이 없어도 너무 없었다.

동료들의 답변을 참고삼아 E사를 잘 다니려 했으나 도리어 다른 결심이 섰다. 나는 E사를 그만두기로 결심했다. 동료들을 보면서 이런 생각이 들었다. 나는 그들과 다르구나. 그렇다면 내 행보 또한 그들과는 달라야 하겠지.

정규직 자리는 확실히 달콤했다. 보는 것도, 배우는 점도, 보람을 느끼는 일도 많았다. 하지만 이건 내가 원하는 삶이 아니었다. 일상을 헌신하면서까지 일하는 건 도저히 내 취향에 맞지 않았다. 애 같은 발상인가? 안다. 그래도 뭐 어쩌겠는가. 지금 나는 행복하지 않은데. 그것만으로 E사를 떠날 이유가 충분히 됐다.

나는 E사를 나가기 전 로드맵을 그려 보았다. 그 결과, 세 가지 계획안이 나왔다.

1안. 이직하기.

2안. 작가 데뷔하기.

3안. 다시 프리랜서 일감 찾기.

세 안 모두 쉬운 길은 아니었다.

1안 '이직하기'는 가능성이 얼마나 될지 헤아리기 어려웠다. E사에 오래 있지 않아 경력직으로 옮기는 건 무리였다. 그렇다면 신입으로 지원해야 하는데, 과연 어디서 나를 뽑아 줄까? 대학교를 이제 막 졸업한 학생들을 이길 수 있는 나만의 경쟁력이 뭔지 곰곰이 생각해 보았다. 그나마 다섯 개의 회사에 다녀본 경험이려나? 오히려 끈기 없다고 싫어하지 않을까? (대체로 내 의지로 퇴사한 건 아니었지만.) 그보다도 E사에 재직하면서 이직 준비할 시간이 있긴 할까 싶었다.

2안 '작가 데뷔하기'는 더더욱 현실성이 떨어지는 이야기였다. 몇 개월간 글을 아예 안 쓰고 있었다. 프리랜서로 있으면서 틈틈이 써 둔 글이 많긴 한데 데뷔할 만큼 정교하거나 뛰어나지 못했다. 출판사에 투고하려면 많은 부분을 뜯어고쳐야 할 것이다. 그렇다면 1안과 비슷한 고민을 2안에서도 하게 된다. 내가 E사를 다니면서 글을 고칠 시간이 있을까? 음, 절대 없으리라. 이건 확신할 수 있었다.

3안 '다시 프리랜서 일감 찾기'는 셋 중 제일 가능성 있는 안이었다. 하지만 장담하기는 어려웠다. 전에 내게 일감을 물어다 준 여러 회사와 또 함께 일할 수 있을지가 미지수였기 때문이다. E사에 입사했을 때 나는 E사의 겸업 금지 조항에 따라 계약했던 모든 외주 일을 취소했다. 계약 해지를 강행한 내 행동은 도의적으로 옳지 못했다. 이런 내게 또 일감을 줄까? 사정사정하며 일을 다시 달라고 부탁하거나, 아니면 새로운 회사를 찾아 외주를 받거나. 둘 중 하나였다.

어떤 계획안이든 다 까다롭지만 실행 기간을 대략 3개월로 잡았다. 그동안 저 세 가지 안 중 한 가지 안을 성사하고자 했다. 왜 굳이 3개월이냐고 묻는다면 그 이상이면 내가 과로로 죽을 것 같았기 때문이다. E사를 더 오래 다닐 자신이 없었다.

왜 E사 재직 중 다른 길을 모색하는 거냐고, 혹여 또 다른 질문을 던진다면 이건 단순히 내 기호에 의한 것이라고 답하겠다. 어떤 결론이라도 내리고서 퇴사하고 싶었다. 사직서를 내미는 손이 당당해야 할 것이 아닌가. 앞날에 대한 불안감으로 인해 달달 떨리는 건 좀 꼴사나웠다. 그리고 주변 사람들 앞에서도 당당해지고 싶었다. E사를 소개해 준 해리 차장님한테도, 정규직이 되어 기뻐하는 엄마한테도 말이다. '그냥 퇴사했어요.'라는 말보다는 '저 퇴사했는데 그다음에 이런 일을 하려고 해요.'라는 말을 더 신뢰할 수 있지 않을까. 이렇게 뽐내듯이 퇴사 통보를 한다면 주변 사람들, 그중에서 특히 엄마가 환한 얼굴을 보일 것이다. '넌 다 계획이 있었구나!'라면서.

하지만 알고 있었다. 내가 지나치게 큰 희망을 품고 있다는 것을. 아무것도 성사하지 못할 가능성이 컸다. 솔직히 체면을 세우기는커녕 창피만 당할 수도 있었다. 벌써 약하게 굴고 싶지는 않았지만, 자꾸만 내가 실패한 이후를 상정하게 되었다. 계획 없이 퇴사해 버린다면, 그런 나를 가장 안타깝게 생각할 이는 누구일까. 이 또한 당연히 엄마일 것이다. 아마도 엄마는 가라앉은 목소리로 여러 질문을 내게 던지겠지.

"왜 그랬어. 정규직인데 왜 떠났어. 조금만 더 참아보지. 이제 뭐 하고 살 거야. 또 취업 준비할 거야? 아니면 프리랜서 일 다시 구할 거야?"

무엇도 이루지 못한 나는 어떠한 변명도 꺼내지 못 하리라. 고해성사하듯이 답하는 내 모습을 상상했다.

"미안해요. 또 실패했어요. 다섯 번째 회사고, 정규직으로서는 첫 직장인데도 나오게 됐어요. 퇴사하기 전에 여러 가지 시도도 해 봤는데, 다 잘 안됐어요. 아무래도 저는 글러 먹은 놈인가 봐요."

나는 나의 못남을 솔직히 시인할 테다. 그러면서도 이 말을 꼭 덧붙일 것이다.

"하지만 계속 노력할 거예요."

나만의 중심을 잡기 위해 갖은 애를 써 보겠노라고, 모든 것이 불안정하여 앞날이 안개가 낀 것처럼 불투명하더라도 그 속에서 나의 길, 나의 행복을 집요하게 찾아보겠노라고. 그리 답할 것이다. 그 대답은 진심이기에 나는 실패한 이후를 너무 두려워하지 않기로 했다. 우선은 E사 퇴사 전에 해 볼 수 있는 건 다 해 볼 생각이었다. 그다음에 고해성사하더라도 늦지 않을 것이다.

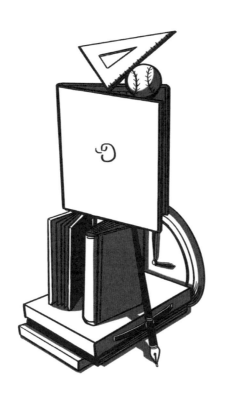

우당탕탕 이직 준비

이직하려는 회사는 두 군데로 좁혔다. 두 회사 다 내가 평소 관심을 많이 둔 회사였다. 그리고 대행사가 아닌 콘텐츠 플랫폼 기업이었다. 일의 강도를 고려해 선택한 방향이었다. 그러나 그것만이 이유로 작용하지는 않았다. 상성 문제도 있었다. B사를 다녔을 때부터 느꼈던 건데, 광고대행사와 나는 잘 맞지 않는 것 같았다. 묘하게 겉도는 느낌을 받는 것이다. 그래서 아무리 워라밸이 좋다는 곳이 있다고 해도 지원 대상에서 대행사는 아예 제외했다.

E사 업무로 너무 바빠서 한꺼번에 여러 회사에 지원할 여유가 없었다. 두 회사 중에서 제일 가고 싶은 회사부터 지원하기로 했다.

해당 회사는 F사로, 채용 전형이 다소 빡빡한 곳이었다. 서류-과제-1차 면접-2차 면접-3차 면접, 무려 5차 전형이 있었다. 과제도 해야 하고 면접도 세 번이나 봐야 한다니. 도저히 내가 소화할 수 없는 일정이었다. 골머리가 아프긴 했지만 일단 서류부터 냅다 접수했다. '나중 일은 나중의 내가 알아서 해결해 주겠지.'라는 믿음을 무책임하게 가져 보면서 말이다.

그 믿음은 접수한 지 이틀 만에 내게 고스란히 돌아왔다. 생각보다 서류 전형 결과가 빨리 나왔다. 그래서 합격 메일을 받았음에도 마냥 기뻐할 수 없었다. 합격을 축하한다는 문구 바로 밑에 과제 전형에 대한 설명이 적혀 있었다.

F사의 과제 전형은 조금 독특했다. 바로 과제를 내주는 게 아니라, 내가 요일을 정하면 해당 날에 구체적인 과제 내용을 알려 주는 것이다. 마감 기한은 24시간. 그러니까 하루 이내로 과제를 완성해서 F사에 보내야 했다. 이른바 시간제한이 걸려 있는 실기 시험이었다.

F사 인사담당자와의 조율 끝에 이번 주 토요일 오후 1시에 과제 내용을 받기로 했다. 다행히 E사에서는 주말 출근을 하란 소리가 없었다. 주말 동안 과제에 매진하면 될 것 같았다. 편안한 마음으로 금요일에 퇴근했다.

드디어 토요일 아침이 밝았다. 나는 오전 내내 마음을 가다듬었다. 책상 주위를 깨끗이 하고 그래픽 프로그램을 미리 켜서 연습 삼아 다뤘다. 그렇게 F사 과제 메일이 오기를 기다리고 있는데 돌연 E사 메신저 알림이 떴다. 상사로부터 온 메시지였다.

머리가 멍했다. 내일 출근하라고? 이렇게 갑자기?

사실 일정이 변동되는 경우는 광고업계 특성상 흔했다. 느닷없이 전날 저녁에 주말 출근을 통보받거나 당일 철야 작업하기를 요청받거나 해 왔다. 그러니 새삼 놀랄 일도 아니었으나 이번에는 그럴 수 없었다. 내일까지 내내 과제에만 매진하려던 내 계획에 이상이 생겨 버렸다.

'어쩌지, 휴가를 낼까?'

근데 주말인데 연차를 낼 수 있나?

'아프다고 할까?'

그럼, 지금 병원 들렀다가 내일 출근하라고 하지 않을까?

'도저히 빠질 수 없는 약속이 있다고 할까?'

이 경우도 약속한 일 얼른 끝내고 나서 출근하라 할 거 같은데…….

답이 없는 상황이었다. 일단 상사에게 알겠다는 메시지를 보냈다.

멍하게 앉아만 있는 사이, 시간은 흘러갔고 약속한 1시가 됐다. F사 과제 메일이 도착했다. 나는 아연한 느낌을 뒤로하며 메일 전문을 꼼꼼히 읽었다. 과제 내용에 따라 작업을 시작했다. 점심과 저녁에는 어젯밤 미리 편의점에서 사 둔 도시락을 꺼내 먹었다. 그렇게 시간 낭비를 줄이며 오로지 작업에

매진했다. 내일 아침만 생각하면 다시 패닉에 빠질 것 같았으나 그럴 때마다 B사 때의 일을 떠올렸다.

B사 인턴 생활 중에도 다른 회사에 면접을 보러 갔고, 그때도 갑작스러운 일정 변동이 일어나 혼란스러워하지 않았는가. 끝까지 정신 못 차리고 채용 전형에 임했다가 귀중한 기회를 놓치고 말았다. 이번에는 그런 실수를 하고 싶지 않았다. 그래서 작업 도중에 불쑥불쑥 튀어나오는 걱정을 차분히 가라앉히려 들었다. 휩쓸리지 않고 하나하나 답을 내리려고 노력했다.

'내일 오전에 작업을 못 하게 되어서 걱정이라고?'

그럼 최대한 빨리 하자. 밤을 새우면 남들보다 부족한 시간을 상쇄할 수 있겠지.

'밤을 새우면 내일 출근은 어쩌게? E사 업무에 집중을 하나도 못 할 텐데?'

어차피 밤을 새우지 않더라도 집중을 못 할 거야. F사 과제를 대충하고 내버렸다는 생각에 자괴감이 들 테니까. 뭘 해도 E사 업무에 집중을 못 할 거면, 그냥 지금은 F사 과제에 충실히 하자.

어르고 달래듯이 자문자답하며 밤을 새웠다. 마침내 새벽녘에 두 개의 시안을 완성할 수 있었고 시간 내에 F사에 제출했다. 출근할 시간이 다가오자 부랴부랴 얼굴만 씻고 지하철에 탔다.

밤을 꼴딱 새운 상태였으니 당연히 E사 업무에 집중을 못했다. 사무실에 도착하고 나서도 자꾸만 눈꺼풀이 내려앉고 고개가 까닥 움직여졌다. 주위 상사나 동료한테 눈치가 보였고 미안했다. 한편, 이런 생각이 들기도 했다.

'뭐, 어쩌라고. 지금 일요일인데! 내가 출근한 것만으로도 감지덕지하게 여겨!'

퇴사를 결심한 이후, 나는 전보다 좀 뻔뻔해졌다.

주말이 지나고 나서 며칠 뒤, F사에서 메일이 왔다. 열어 보니 과제 합격을 축하한다는 내용이 적혀 있었다.

운수 좋은 요즘

F사의 과제 합격 메일을 받은 뒤, 인사팀으로부터 1차 면접 안내 연락이 왔다. 평일 오후 5시에 화상으로 면접을 진행한다고 들었다. 코로나가 한창이라 대면이 아닌 모양이었다. F사에 직접 방문해야 한다는 부담감은 줄었으나 잡힌 시간대가 영 애매했다. 퇴근하고 나서 보기에도, 저녁을 먹겠다는 구실로 자리를 비우기에도 좀 일렀다. 결국, 반차 신청서를 냈다.

그 뒤, 팀장님에게 휴가 사용을 허락받았지만 마음이 홀가분해지기보다 무거워지기만 했다. F사 면접 전형은 총 세 번이었고 만일 이번 면접이 붙는다면 다음에도 또 시간을 내야했다. 그때에는 어떤 핑계를 대야 할지 알 수 없었다. 골치가 아팠지만 우선 이번에도 나중의 일은 나중의 내게 맡기기로 했다. 곧 닥칠 1차 면접에만 집중했다.

1차 면접은 실무진 면접이었다. 전날까지 야근하느라 준비를 잘 못 해서 그런지, 오랜만에 취업 준비를 하느라 그런지, 면접 도중 자꾸만 혀를 씹거나 말을 절거나 했다. 평소 쓰지도 않는 이상한 말투가 갑자기 튀어나오기도 했다. 망했다. 그런데 모니터 속 면접관들의 표정이 온화했다. 어째 나를 좋게 봐 주는 느낌이 들었다. 최악의 면접 TOP 10에 들어갈 면접이었으나 합격할 것 같다는 예감을 뻔뻔하게 가져 보았다. 그리고 정말로 이틀 뒤에 1차 면접 합격 메일을 받을 수 있었다.

F사는 전반적으로 결과가 빨랐다. 그게 어떤 지원자에게는 좋겠지만 나 같이 일정 변동이 심하고 빡빡한 회사에 다니는 지원자에게는 별로 좋지 않았다. 일주일 안으로 또 휴가를 낼 수 없지는 않은가. (늘 바빴지만) 요새는 유달리 더 바쁜 시기라서 석 팀장님과 팀원들에게 눈치가 보였다. 그래서 2차 면접 안내를 위해 전화를 준 F사 인사담당자님에게 사정사정하며 빌었다.

"이른 아침에 면접을 볼 수는 없을까요?"

꼭, 꼭 부탁합니다! 나는 통화를 끊기 직전까지도 간절히 매달렸다. 이게 그다지 도리에 맞는 행동이 아님을 알았다. 이렇게 지원자의 부탁대로 면접 시간을 잡아 주는 경우도 별로 못 들어 봤고. 어쩌면 2차 면접은 못 볼 수도 있겠단 생각을 가지던 차에 놀랍게도 F사 인사담당자님이 내 부탁을 들어줬다. 원래는 일과 중에 잡힐 예정이었는데 면접관에게 양해를 구해 이른 아침으로 면접 시간을 변경해 준 것이다.

E사 출근 시간대와 겹치지 않아 휴가를 내지 않아도 됐

다. 더군다나 2차 면접 또한 화상으로 진행하기에 여러모로 여유로웠다. E사 근처 어딘가에서 화상 면접을 보고, 끝나면 바로 E사로 출근하면 됐다. F사 인사담당자님이 천사처럼 느껴졌다. 난 이제부터 그를 엔젤 님이라고 부르기로 속으로 결심했다.

하해와 같은 엔젤 님의 은혜로 2차 면접을 무사히 치를 수 있었다. E사 근처 스터디룸에서 방을 빌려 면접을 봤던 나는 화상 프로그램 창을 닫자마자 정장을 벗었다. 자리를 빠르게 정리하고 E사로 달려 나갔다. 그 결과, 평소 출근했던 시간에 무사히 E사에 도착할 수 있었다. 나는 숨을 거칠게 몰아쉬면서도 E사 동료들에게 기분 좋게 아침 인사를 건네고 다녔다.

어쩌다 보니 세 가지 안중에서 1안인 '이직하기'를 가장 착실히 준비하고 있지만 나머지 안들도 조금씩 진행하고는 있었다.

2안인 '작가 데뷔하기'는 가볍게 생각하기로 했다. 현 상황에서 제대로 글을 쓸 시간은 없고, 앞으로도 계속 없을 것이다. 이대로면 영영 2안을 실행할 수 없다. 그러니 글을 다듬지 않기로 했다. 나는 지금까지의 원고를 한 파일에 정리하기만 했다. 그리고 여러 출판사를 탐색해 메일 주소를 모으기 시작했다. 추후, 내 작품을 투고하기 위함이었다.

3안인 '다시 프리랜서 일감 찾기'는 자료 조사 위주로 했다. 크몽 같은 외주 사이트에 들락날락하며 요즘 어떤 것이 유행하는지 파악했고, 그중에서 내가 할 수 있는 작업이 무엇이 있을지 미리 생각해 두었다.

완벽하지는 않으나 세 가지 계획안과 E사 업무를 어찌어찌 병행하며 하루하루를 보냈다. 그렇게 지내던 어느 날, 뜻밖의 일이 벌어졌다. 한 광고주로부터 재 PT를 하자는 요청이 온 것이다.

재 PT란 발표까지 끝낸 경쟁 PT의 내용을 수정해서 다시 제안하는 것을 의미한다. 보통 광고주가 어떤 광고대행사를 선정해야 할지 확신이 들지 않을 때, 혹은 어떤 제안도 마음에 들지 않아 다른 제안도 받아보고 싶을 때 이런 요청을 하곤 한다. 이번 경우는 전자에 속했다.

재 PT를 하게 되었다는 소식은 팀의 관점에서 좋기도 했고, 나쁘기도 했다. 좋은 소식인 이유는 다시 한번 기회가 주어졌기 때문이고, 나쁜 소식인 이유는 기회가 또 주어졌음에도 결국 떨어질 수도 있기 때문이었다. 차라리 떨어질 거면 처음부터 떨어지는 게 좋았다. 두 배로 투자한 시간과 돈을 잃을 일이 없으니 말이다.

내 입장으로만 따지자면 재 PT 소식은 무조건, 100% 나쁜 소식이었다. 재 PT란 경쟁 PT를 되풀이한다는 것, 다시 말해 야근을 또 해야 한다는 뜻이었다. 그것도 고강도의 야근을 주로 하게 될 것이다! 야근이면 다 같은 야근이지, 왜 구태여 '고강도'라는 수식어를 붙이느냐고? 야근에도 레벨이 있다. E사의 야근에는 여러 경우의 수가 있는데 난도에 따라 그 종류를 나눠 보겠다.

9시 전까지 하는 야근은 레벨 1, 별칭은 사랑스러운 야근이다. 레벨 1에 속하는 날엔 나는 기쁨의 눈물을 흘렸다.

자정까지 하는 야근은 레벨 2다. 오묘한 야근이라고 부르고 싶다. 때에 따라 기분이 왔다 갔다 했다. 어떤 날에는 뭘 할 수도 없이 늦은 시간에 집에 와서 기분이 나빴고, 또 어떤 날에는 적어도 집에서 잠을 푹 잘 수 있음에 행복을 느끼며 몸을 뉘었다.

새벽 3시 전까지 하는 야근은 레벨 3. 이 경우는 무조건 기분 나쁜 야근이다. 나는 택시를 탄 순간부터 집에 도착해 침대에 누운 순간까지 E사를 향한 저주의 말을 내내 퍼붓곤 했다.

아침 7시 전까지 하는 야근은 레벨 4, 별칭은 'E사의 시간은 거꾸로 간다.'다. 아침 해가 뜨는 모습을 퇴근길 택시 안에서 볼 수 있기 때문이다. 과도한 노동으로 인해 정상적 사고가 불가해진 나는 일출 장면을 그저 허허 웃으면서 지켜보게 된다. '힘들 때 웃는 자가 일류다.'라는 말이 있지 않은가. 마음이라도 편해지고자 나는 내가 미쳐가는 게 아니라 일류가 되어 간다고 생각하기로 했다.

밤을 새우다 못해 24시간 이상 근무하는 야근은 레벨 5

다. 이때부터는 사고하기는커녕, 감정이란 걸 감히 가질 수 없는 단계다. 레벨 5에는 두 가지 변주가 있었다. 철야 작업 도중에 회사 회의실이나 소파에서 쪽잠을 잤다면 레벨 5-1, 도중에 조금도 먹지도, 자지도, 쉬지도 못하고 그저 일만 계속했다면 레벨 5-2다.

경쟁 PT를 진행하게 되면 대개 높은 레벨에 속하는 야근을 하게 된다. 한동안 밤을 새우겠구나 싶어, 미리 메일 주소를 알아 둔 여러 출판사로 한꺼번에 투고해 버렸다. 지금은 앞뒤 잴 때가 아니었다. 한시 빨리 야근 지옥에서 탈출해야 했다.

재 PT 프로젝트는 바로 시작되었고, 저번 경쟁 PT에서 제안했던 내용을 다듬었다. 카피를 다시 짰고, 콘티를 다시 그렸고, 시뮬레이션 작업을 다시 했고, 시안 작업을 다시 했다. 예상과 한 치 다를 것 없는 일상이 펼쳐졌다. 매일매일 레벨 3, 4, 5급의 야근을 마주하게 된 것이다. 끔찍했다.

더 끔찍한 건 출판사 투고 결과가 속속히 나오는데, 그 결과가 전부 탈락이라는 사실이었다. 탈락 메일에는 갖가지 투고 거절 사유가 적혀 있었다. 소재가 진부해서, 전개가 진부해서, 표현이 진부해서, 캐릭터 설정이 진부해서, 감정선이 진부해서…… 등. 그러니까 내 소설이 더럽게 재미없다는 소리였다. 나는 메일 수신 알림이 뜰 때마다 심호흡했다. 이번에는 과연 어떤 거절 사유가 적혀 있을까, 다른 의미로 심장이

두근거렸다.

그렇게 정신없는 나날을 보냈다. 그리고 '드디어'라고 해야 할지, '기어이'라고 해야 할지. 하여간 재 PT 마감 날이 코앞으로 다가왔다. 마감 전에 밤샘 작업을 또 한 나는 아침 해가 떴음에도 귀가하지 못하고 사무실을 번견처럼 지키고 있었다. 이제 E사가 내 집인지, 내 집이 E사인지 헷갈릴 지경에 이르렀다. 나는 일하는 척 남몰래 멍 때리고 있었다. 초점이 나간 시야로 모니터 너머 허공을 하염없이 응시하고 있을 때였다. 책상 위에 올려둔 핸드폰이 진동했다. 화면 위로 메일 하나가 떠올라 있었다.

무슨 내용인지 궁금할 틈도, 가슴 조일 틈도 없었다. 미리보기 창에서 보이는 메일 제목에는 또박또박 그 출처와 본론이 적혀 있었으므로.

Z 출판사에서 투고 원고 계약을 권유해 드립니다.

두 마리 토끼를 잡는 날

회사가 아니었다면 나는 당장 일어나 비명을 질렀을 것이다. 아닌가. 너무 기뻐서 목덜미를 잡고 쓰러졌으려나. 어쨌건 이곳은 회사였고 그 사실을 제대로 인지하고 있던 나는 평정을 가까스로 유지하며 메일함을 열었다. 출판사가 보낸 메일 전문은 믿기지도 않게 내 원고를 칭찬하는 말 일색이었다. 심장이 거세게 박동했다.

맨 하단에는 임시 계약서가 첨부되어 있었다. 열어보니 상세한 계약 조건을 볼 수 있었다. 정산 비율, 계약 기간, 유의사항 등을 차례대로 확인한 나는 문득 갑과 을의 항목에 눈을 돌렸다. 을에는 Z 출판사 이름이 쓰여 있었다. 그리고 갑자리는 빈칸으로 남겨져 있었다. 거기에다가 내 이름을 적으면 되는 것이다.

이 계약은 저작재산권자 _____(이하 '갑'이라 한다)
와 출판권자 ___Z___(이하 '을이라 한다.)이 다음과 같이
배타적 발행권설정계약을 체결하고, 이를 증명하기 위하여

계약서 원본 2부를 작성하여 상호 서명 날인한 후 각 1부
씩 보관한다.

내가 갑이 된 건 처음 있는 일이었다. 문득 A사 때의 일이
생각났다. 그때의 나는 을이라도 되고 싶다고 바랐는데, 어쩌
다 보니 생각지도 못한 갑이 되었다. 운이란 건 없다고. 모든
건 명확한 인과관계에 놓여있는 법이라고. 뇌종양을 진단받
았을 때 그리 생각했건만 그렇지도 않은 모양이었다. 이토록
운이 좋을 수가 있나. 나의 이 보잘것없는 글에서 어느 한 출
판사가 가능성을 찾아주는 경우도, 그리고 그 출판사가 내게
계약서를 주는 경우도 확률적으로 희박했다. 나는 믿지도 않
은 신의 자비로움을 느꼈다. 메일 창을 닫고서 누구일지 모
를 상대에게 감사의 말을 전했다.

출판사와 몇 차례 대화를 주고받은 후 정식으로 계약을
맺었다. 2안이 실현되는 순간이었고, 동시에 E사를 떠날 날
이 얼마 남지 않은 순간이었다. 나는 슬슬 퇴사할 각을 재기
시작했다.

그로부터 며칠 지나지 않아서 전화가 왔다. F사 인사담당
자님, 그러니까 엔젤 님한테서였다. 그는 2차 면접 결과의 합
격 소식을 전해 주었다. 이어서 3차 면접 안내를 해 주었다.
어느덧 F사 채용 전형 마지막 단계에 이르렀다.

3차 최종 면접은 대면 면접이었다. 이번에는 F사에 직접

가야 했다. 화상으로 면접을 진행하지 않아 살짝 부담스럽기는 했지만, 상관없었다. 왜냐하면 얼마 전 재 PT 건이 끝나서 팀 일정이 다소 널널해진 상황이기 때문이었다. 충분히 휴가를 낼 수 있었다. 더군다나 타이밍 좋게도 석 팀장님이 먼저 말을 꺼냈다. 그간 고생했으니 쉬고 싶으면 쉬어도 괜찮다고. 이렇게나 연달아 운이 좋을 수 있나? 쾌재를 부르며 3차 면접이 잡힌 날에 휴가를 냈다.

며칠 뒤, E사 쉬는 날이자 F사 3차 면접 날이 왔다. 늦은 오후에 면접이 잡힌 나는 느지막이 일어나 면접 준비를 천천히 시작했다. 예상 질문 리스트를 뽑아 스스로 질문을 던지며 예행연습을 하고 있을 때였다. E사 메신저 알림이 떴다. 불길한 마음만 한가득 안고 기획팀의 '경' 대리님으로부터 온 메시지를 읽었다.

> 진우 씨! 이 배너, 수정해야 할 것 같아요. 광고주로부터 수정 요청이 왔어요. 급한 건인데 혹시 바로 수정본을 받을 수 있을까요?

컨펌을 다 받고 이미 광고 집행에 들어간 배너였다. 그래서 더 수정 요청이 오지 않을 거로 생각했고 따로 파일을 챙겨 오지 않았다. 곤란했다. 그나마 다행인 점은 해당 이미지가 복잡하고 어려운 디자인이 아니란 사실이었다. 새로 작업할 수 있는 수준이었다. 어찌어찌 집에 있는 컴퓨터로 배너를 다시 작업했고 대리님한테 수정본을 전달했다. 그렇게 이 돌발 사건은 끝이 날 줄 알았으나 메신저 수신음은 계속해서 울렸다.

　　이 배너도 수정 요청이 왔어요!

　나는 면접 준비를 멈추고 E사 업무를 진행했다. 그러다가 결국, 대형 사건이 터지고 말았다.

　　영상 수정 요청도 새로 왔어요.

　해당 광고 영상은 내일 방송될 예정이었다. 그러니까 오늘 오후 중으로 당장 수정본을 줘야 했고, 작업 파일은 회사에 있으며, 다시 작업할 만큼 영상 구성이 단순하지도 않았다. 나 혼자서, 그것도 집에서 해결할 수 없는 문제란 것이다. 현재 시각은 점심. 아직 F사 면접까지 시간이 남아 있었다. 얼마간 고민하던 나는 자리를 박차고 일어났다. 정장을 챙겨가방에 담고 화장을 급하게 하고 신발장에서 구두를 꺼내 신으며 바깥으로 뛰쳐나갔다. 어쩔 수 없었다. E사에 출근해야했다. 아무리 오늘이 내 쉬는 날이자 F사 면접 날이라 해도 광고는 무사히 송출해야 할 것이 아닌가.

E사 사무실에 도착해 헐레벌떡 컴퓨터를 켜고 수정 작업을 했다. 그나마 요청이 까다롭지 않은 게 천만다행이었다. 문구 위치와 내용 변경 정도뿐이었다. 빨리 작업을 마치고 수정본을 기획팀에 넘겼다. 한숨 돌렸다. 자리에서 일어나려는 순간 또 메시지가 왔다.

이것도 수정해 달라네요.

시계를 쳐다보았다. F사 면접까지 2시간 남은 상태였다. 아직은 여유가 있었다.

'그래, 괜찮을 거야.'

스스로 다독이며 의자 바깥으로 튀어 나갈 듯한 자세를 바로 고쳤다. 열심히 그리고 빠르게 작업하고 다시 수정본을 넘겼다. 그렇지만 내가 어떤 노력을 기울여도 소용없었다. 수정 요청은 계속되었다.

여러 차례에 걸쳐 요청한다는 건 광고주의 의견이 확고하지 않다는 걸 의미했다. 보아하니 최대한 다양한 버전을 받아 그중에서 하나 선택하고 싶은 모양이었다. 부디 광고주의 마음에 차는 버전이 한시 빨리 나오길 빌며 길 찾기 앱을 켰다. 이제는 정말 시간이 없었다. 면접 준비는 포기한 상태였다. 면접장에 멀쩡한 꼴로 제때 도착하길 바라며 경유 시간을 측정했다. 지하철보다는 택시가 더 빠르다는 결과가 나왔다. 그래서 바로 택시 호출 앱을 켰다. 미리 주소를 입력해두 었다.

그다음 다시 작업에 집중했고 또 한 번 수정본을 넘겼다. 초조하게 광고주 답변을 기다렸다. 몇십 분이 흐른 후, 경 대 리님이 내 자리에 찾아왔다.

"이대로 통과랍니다! 쉬는 날인데 수고하셨어요."

"정말이죠? 진짜죠?"

나는 쉽게 믿지 못하고 거듭 물어보았다. 광고주의 연이은 수정 요청에 대리님도 지쳤던 모양인지 그의 안색에는 피로 가 감돌고 있었다. 그리고 그 요청이 드디어 끝남에 대리님도 기뻤는지 내 질문에 힘차게 고개를 끄덕였다. 그의 긍정에 나 는 즉시 택시 호출 버튼을 눌렀다.

사무실을 벗어나 1층으로 내려갔다. 곧 예약 택시가 내가 지정한 곳 앞으로 왔다. 이제 F사 면접만 생각하면 됐다. 나 는 택시에 탑승하자마자 가방에 넣어 둔 면접 질문 예상지 를 꺼내 중얼거렸다. 그렇게 면접 준비에만 집중하려 하는데, 불현듯 이상함을 느끼고는 종이에 가 있던 시선을 창 너머로 옮겼다.

여전히 저 멀리 E사 건물이 보였다. 아까부터 택시가 멈춰 있던 것이다. 하필이면 퇴근 시간대라 교통 정체가 시작된 모 양이었다. 이대로라면 정말 늦을 것이다.

'어쩐지 요새 운수가 좋더니만.'

소설 〈운수 좋은 날〉의 김 첨지처럼 제일 중요한 순간에 불행을 맞닥뜨리게 된 나는 잠시 자조 어린 생각을 가져 보았다. 결국 택시 기사님에게 길가에 세워 달라고 하고는 기본요금만 내고서 택시에서 내렸다. 그리고 근처 지하철역으로 급히 뛰었다. 오랜만에 구두를 신었더니 운동화의 푹신함에 익숙해진 내 발은 뛸 때마다 아프다고 아우성을 쳤다. 발뒤꿈치는 따끔거렸고 발바닥은 아렸다. 나중에 가서는 새끼발톱까지 욱신거렸다. 윽, 신음이 절로 새어 나왔다. 그래도 뛰기를 멈추지 않았다. 계속 발을 앞으로 내디뎠다.

그 결과, 어떻게 제시간에 F사에 도착할 수 있었다. 제시간이긴 했는데 너무나도 제시간이었다. 고작 10분 일찍 F사 건물에 도착한 것이다. 부디 이런 모습이 감점 요인이 되지 않기를 기도하며 F사 엔젤 님의 안내에 따라 면접장 안으로 들어갔다. 3차 최종 면접은 1시간 정도 소요됐다.

면접을 끝내고 귀가하는 길에 찬찬히 복기해 보았다. 최종 면접답게 어려운 질문이 많이 나왔고, 나는 그 모든 물음에 적절한 답을 내놓지는 못했다. 그래서 당락을 파악하기 어려웠다. 분위기가 좋았던 건지 나빴던 건지, 그 또한 알기 어려웠다.

구두를 꺾어 신은 채로 뒤뚱뒤뚱 지하철에서 내려 집으로 걸어갔다. 뒤늦게 발뒤꿈치가 까져 있음을 알아차렸다. 피가 난 자리에 반창고를 붙이고는 다시 뒤뚱거리며 걸음을 이

어갔다. 아프긴 해도 마음은 흡족했다. 정말이었다. 플랫폼 기업인 F사의 면접은 내가 가장 잘 본 면접은 아니었지만 가장 간절하게 본 면접이었다. 내가 할 수 있는 선에서 끝까지 최선을 다했고 그에 뿌듯함을 느꼈다. 설령 F사에 떨어지더라도 나는 예전보다는 덜 후회하고 덜 슬퍼할 자신이 생겼다.

일주일이 지났고 F사 3차 면접 결과가 나왔다. 결과는 최종 합격이었다.

퇴사하겠습니다

1안인 이직하기, 2안인 작가 데뷔하기. 어쩌다가 1개월 반 만에 목표했던 계획안 2개를 이뤄냈다. 하지만 아직 넘어야 할 산이 있었다. 퇴사 통보였다.

늘 마지막 근무 날짜가 정해진 계약직 인생만 살아봐서 그런지, 상사에게 퇴사 의사를 밝히는 건 어떻게 해야 하는지 알 수 없었다. 멋지게 빡! 사직서가 든 봉투를 책상 위에 올려야 하나? 혹은 비장한 얼굴로 '줄 게 있으니 옥상으로 올라오세요!'라고 어느 영화 주인공처럼 말해야 하나?

감을 영 잡기가 어려워서 인터넷에 시도 때도 없이 '퇴사'를 검색해 보았다. 퇴사 잘하는 법, 퇴사 인사말, 퇴사 메일 형식, 사직서 양식 등 다양한 제목의 퇴사 관련 콘텐츠가 나왔다. 참고할 건 많아 보였다. 심지어 퇴사 브이로그까지 있었다. 웬만한 건 다 감상해 보았다. 나는 유쾌하게 퇴사하는 어느 유튜버의 모습 위로 내 모습을 덧대었다. 어쩐지 나도 저 사람처럼 잘 해낼 수 있을 것 같았다.

하지만 내가 그런 긍정적인 마음을 품든 말든 퇴사 각을 재는 건 쉽지 않았다. 도저히 그만두겠단 말을 꺼내기가 힘든 분위기였기 때문이다. 팀 일정이 (언제는 안 바빴냐마는) 평소보다 곱절은 더 바쁜 상태였다. 재 PT가 끝나 여유로웠던 것도 잠시였다. 한 3~4일 정도 여유로웠던 것 같다. 그 뒤바로 마감 기한이 급한 PT 건에 투입됐다. 더불어 다른 프로젝트의 촬영 일까지 겹쳐서 매일매일 팀원 모두가 촬영장, 편집실, 녹음실 등으로 동분서주했다. 그런데 막내 사원인 내가 어떻게 퇴사 통보를 하겠는가. 나는 투고한 원고의 출간 제안을 받은 순간부터 말하기 적절한 날을 찾으려 했지만, 매번 생각으로만 그쳤다.

결국, 더는 미룰 수 없어 홧김에 질러 버렸다. 가장 바쁘고 가장 번잡스러운 날에 말이다. 여느 때와 비슷하게 야근을 늦게까지 하는 날이었다. 새벽 3시쯤 일이 마무리되어 모두 짐을 챙겨 집 갈 준비를 하고 있는데, 나만 아무런 준비를 하지 않고 석 팀장님에게 다가갔다. 그리고 말을 걸었다.

"잠깐 시간 있으실까요? 드릴 말씀이 있습니다."

서로 수고했단 말이 이곳저곳에서 오고 가는 와중에 내가 불쑥 팀장님에게 건넨 요청은 정말이지, 상황에 적절치 못했다. 단숨에 사무실 분위기가 묘해졌다. 팀원들의 시선이 내게 쏠렸음이 느껴졌다. 벌써 내 뒷말을 짐작한 팀장님은 당혹스러운 표정을 보였다.

"그래, 다른 곳에서 이야기 나누자."

한적한 곳으로 자리를 옮겼다. 석 팀장님과 단둘이 있게 됐다. 퇴사와 관련해서 이것저것 읽어 보고 조사해 보고 그랬으나 막상 내가 그 상황에 부닥치게 되니 긴장으로 들러붙은 입술이 잘 떼어지지 않았다. 나는 얼마간 머뭇거리다가 본론으로 겨우 들어갈 수 있었다.

"퇴사하려고 합니다."

이미 눈치챈 팀장님은 내 퇴사 통보에 놀라지 않았다. 그저 긴 한숨을 수차례 나눠 내쉴 뿐이었다. 한참 뒤에 팀장님은 퇴사 이후의 계획은 있느냐고 물었다.

지난날, 인터넷에서 퇴사 관련된 것들을 찾아봤을 때 이런 이야기가 공통으로 있었다. '퇴사할 때 굳이 자신의 사정을 다 말할 필요는 없다.' 특히 다른 회사로 이직할 때는 더더욱. 그저 일신상의 사유로 그만두게 되었다고 두루뭉술 말하거나 혹은 학문에 뜻이 생겨 대학원에 진학할 예정이라는 무난한 계획을 대는 편이 제일 좋다고들 했다. 나도 동의했다. 저 말들은 거짓말이 되어 버리지만, 서로에게 상처가 될 일은 없을 테니까. 그러나 어쩐지 그 의견에 동의한 것과는 별개로 팀장님의 질문에는 솔직하게 답할 수밖에 없었다. 그게 예의라는 생각이 문득 들었다.

내 이야기를 잠자코 듣던 석 팀장님이 다른 질문을 던졌다.

"광고는 더 안 해? 왜?"

왜냐고? 광고를 안 하려는 이유는 많았다. 광고대행사는 야근이 많아서, 업무 난도가 높은 편이라서, 나는 일보다는 내 일상이 더 중요한 사람이라서, 글을 쓰고 싶은데 쓸 시간이 없어서, 아이디어가 참신하지 않아서, 실력이 별로라서, 나는 영 광고인답지 않아서…… 등.

갖가지 이유가 있었으나 결국 그것들은 하나의 원인으로 귀결되었다. 내가 광고를 석 팀장님을 포함해 E사 사람들만큼 사랑하지 않기 때문이었다. 그러니 광고 일을 더 할 생각도, 더 잘하고 싶단 생각도 들지 않았다.

광고인은 참 신기한 존재 같다. 능력도 경력도 출중한 이들이 셀 수 없이 많은데 그 많은 업계 중에서 하필 힘들기로 정평이 난 광고업계에 자발적으로 들어와 제 모든 것을 불사르듯 투자한다. 한때는 어디서 그 열정이 발산되는 건지 궁금했지만 이제는 알고 있다. 그건 오롯이 그들의 사랑에서 기인한 힘이었다. 나처럼 15초, 30초짜리 영상에 잠시 매료되는 것만으로는 안 됐다. 흠뻑 빠져야 했다. 광고인이 갖추어야 할 자질에는 많은 것이 있겠으나 그 절대적인 애정이야말로 가장 가져야 할 재능이었다.

나는 내 생각을 축약해서 답했다.

"제가 별로 광고 쪽에 어울리는 사람 같지는 않아서요. 열정이나 실력, 뭐, 여러모로요."

말한 뒤 머쓱한 기분이 들어 실없이 허허 웃었다. 반면 석 팀장님은 웃지 않았다. 오히려 화가 난 듯한 표정을 짓고 있었다. 올라간 입꼬리가 절로 슬금슬금 내려갔다.

"그런 소리는 하지 마라."

팀장님은 단호하게 말했다.

"넌 여기와 어울려. 광고에 재능 있거든. 앞으로 어떤 광고를 너와 함께 만들 수 있을지, 팀장으로서 난 기대했다."

너무나도 의외로운 반응에 숨이 턱 막혔다. 찰나, B사에서 인턴으로 일할 때가 생각났다.

20대 중반 어느 여름날, 땀을 뻘뻘 흘리며 모두의 앞에서 발표했던 순간. 내 아이디어가 세상에 빛을 발하기를 바라며 집에서든 지하철에서든 아이패드를 들고 콘티를 무작정 그렸던 순간. 물음에 대한 답을 찾겠다며 남은 2개월을 오기 부리듯 버텼던 순간.

산발적으로 여러 기억이 튀어나와 머릿속을 스쳐 지나갔다. 석 팀장님 말에 알 수 없이 그때의 내가 위로받는 기분이었다.

"그냥 넌 새로 찾은 거야. 광고보다 더 좋아하고, 더 잘하는 걸 발견하게 된 것뿐이야."

그런 식으로 생각해 본 적은 없었다. 지금 내 모습은 도망자나 다를 바 없다고 은연중 생각해 왔다. 경력 1년도 못 채우고 이직하는 경우는 사실 일반적이지는 않으니까. 내 눈빛에 의구심이 떠올라 있는지 석 팀장님은 말을 보탰다.

"내가 이 업계에서 몇 년을 지냈는데. 사람 보는 눈이 그렇게 없는 줄 알아? 네가 어떤 사람인지 못 알아봤을까."

그는 약간 나를 타박하며 내가 그동안 가졌던 자조 어린 생각들을 계속해서 부정해 줬다.

광고대행사에서의 지난날은 힘겨웠다. B사 때는 광고 업무가 뭔지 몰라 힘들었고 E사 때는 일이 한꺼번에 몰려오는 바람에 힘들었다. 하지만 괴롭기만 했던 것은 아니었다. 그 안에 즐거움도 많았다는 것을 깨달았다. 내 아이디어가 팔렸을 때의 희열, 몇 날 며칠 고생한 경쟁 PT를 결국 따냈을 때의 감동, 하나의 광고를 위해서 촬영장에 모인 수많은 사람과 그들을 둘러보며 느꼈던 일체감…… 그런 것들이 모여 나를 움직이게 했다.

F사 최종 면접 날 수정 요청이 왔다는 메시지를 못 본 척하지 않은 건, 아프다는 핑계를 쉽게 대지 않은 건, 끝내 E사에 곧이곧대로 출근한 건 그 즐거움을 잊지 않았기 때문이겠지. 광고에 대한 애정이 있었기 때문이겠지.

내게도 광고인다운 모습이 있었음을 알게 되자 나는 더는 의문을 달지 않게 되었다. 그의 말대로 지금 내 모습은 도망자가 아니었다. 그저 난 내게 좀 더 맞는 길을 찾아 떠나는 것뿐이었다.

"그러니 그런 말 다시는 하지 마. 어디에서든지 말이야."

석 팀장님은 뒤이어 중얼거렸다.

"정말로 네가 이 업계와 안 어울리는 사람이라고 사람들이 오해하면 어쩌려고 그래."

그에게 떳떳하다 못해 유쾌한 태도로 퇴사를 전하고 싶었
다. 그렇지만 내가 결국 팀장님 앞에서 보인 건 눈물이었다.
차오르는 물기를 닦아내느라 바빴다. 팀장님은 잠시 아무 말
없이 내가 우는 모습을 지켜보았다. 그렇게 내 퇴사 통보는
예상과 전혀 다른 분위기로 끝이 났다.

분명 눈이 부시도록 근사하리라

퇴사 의사를 밝히고 나서 며칠이 흘렀고 마침내 E사 근무 마지막 날이 왔다. 나는 여느 때와 비슷하게 바쁘고 번잡스러운 하루를 보냈다. 마지막으로 주어진 업무를 끝내니 저녁 9시였다. 자리에서 일어나 짐을 챙겼다. 사무실을 돌아다니며 같은 팀 사람들을 포함해 E사 직원들에게 마지막 인사를 건넸다. 재직 중 특히나 친하게 지냈던 E사 동료, 온에게도 다가가 인사하려는데 그녀가 문 너머로 손짓하며 물었다.

"잠시 옥상에서 이야기 나눌래요?"

나는 고개를 끄덕였다. 그녀를 따라 사람이 없는 옥상으로 올라갔다.

그곳에서 그녀는 내게 축하한다는 말과 함께 퇴사 선물을 줬다. 나는 감사하다고 답하며 받았다. 그다음 우리는 나란히 난간에 팔을 기대며 바깥을 바라보았다. 해가 저문 지 오래라 하늘에는 온통 검푸른 색깔이 깔려 있었다. 하지만 사위가 밝았다. E사 사무실이 있는 층에 전부 불이 켜져 있는 까닭이었다.

야경을 보면서 우리는 두런두런 이야기를 나눴다. 오늘 각자의 팀에서 있었던 일부터 타 팀 동료의 근황, 곧 온이 담당할 PT 내용까지 대화 주제는 잡다하게 나왔다. 그러다 온이 다시 한번 축하 인사를 건넸다. 나는 그녀를 향해 고개를 돌렸다.

"진우 님, 정말 잘 됐어요. 그동안 너무……."

말을 하다 말고 그녀는 제 입술 사이를 꾹 붙였다. 나도 덩달아 입을 다물었다. 그녀가 눈물을 흘리는데 내가 울컥하지 않을 수는 없었다.

"너무 고생 많았어요."

온은 떨리는 목소리로 마저 말을 이었다.

"다른 곳에서 행복하게 지내길 바랄게요."

"온 님도요. 꼭 잘 지내셔야 해요."

내 목소리도 떨리고 있었다. 온과 나는 만난 지 오래된 사이는 아니지만 우리는 E사에서 무슨 일이 생기면 그 경험을 솔직하게 공유해 왔다. 슬플 때는 슬픔을 나눴고, 기쁠 때는 기쁨을 부풀렸고, 화날 때는 함께 욕해 주며 분을 삭였다.

사실 그런 감정의 품앗이는 온뿐만 아니라 다른 E사의 동료와도 해 왔다. 이곳의 근무 환경이 워낙 혹독하다 보니 같은 처지인 직원들끼리 끈끈하게 뭉치는 경향이 있었다. 다른 회사에서는 느껴 본 적 없는, 애틋한 동료애였다.

온과 나는 얼마간 같이 훌쩍이면서 서로의 등을 토닥였다.

그 뒤로, 온은 목청을 가다듬고서 다시 사무실로 돌아갔다. 일이 아직 남아 있기 때문이었다. 나는 1층으로 내려가 건물을 빠져나갔다. 지하철로 향하는 길목에서 자꾸 뒤를 돌아보았다. 늦은 저녁인데도 환하게 빛을 발산하는 E사 건물. 나와 E사 동료들은 저 건물을 '○○동의 등대'라고 불렀다. 저녁이든 새벽이든 내내 불이 커져 있어, ○○동 주민들의 길잡이가 되어 준다는 이유에서였다. 그런 농을 던지며 자조적으로만 바라봤던 건물인데 지금은 다른 감상이 들었다.

물론 이 시간까지 일하는 행태는 잘못된 근무 방식이라고 여전히 생각한다. 야근을 미덕으로 여기는 시대는 이미 지나갔다. 과로를 당연시하는 풍토는 낡아빠진 관행의 답습에 불과하다. 새로운 근로기준법이 찾아왔으면 어떤 업계든, 어떤 회사든 지켜야 하는 게 옳다. 그러나 저 건물 안 사무실에서 오늘도 밤을 새우며 일할 사람들의 열정까지 잘못되었다고 폄하하고 싶진 않았다. 또한, 그들을 마냥 안타깝게 바라보고 싶지도 않았다.

나는 E사를 다니면서 나를 포함해 E사 직원 모두가 불쌍한 존재라고 여겨왔다. 특히 같은 시기에 E사에 들어오지는 않았지만 나와 또래라 거의 입사 동기처럼 지내왔던 온과 강이 제일 마음에 쓰였다. 그들이 늘 안타까웠다. 하지만 돌이켜보니 진정 불쌍한 자는 아무도 없었을지 모르겠다. 저 건물에는 부당한 환경에도 지지 않으려 매일 노력하는 이들로

가득하니까. 연민 어린 시선으로만 보기엔 미안할 정도로 그들은 멋졌다.

'광고란 무엇인지, 어떤 아이디어가 대체 좋은 건지, 어떻게 하면 제 몫을 다하는 광고인이 될 수 있는지.'

나는 아직도 이 질문들에 대한 답을 찾지 못했다. 그러나 저들은 다를 것이다. 답을 찾기 위해 오늘도, 내일도, 앞으로도 계속 나아갈 것이다. 그리고 끝내 그 모든 답을 찾고야 말겠지. 떠나는 나는 이제 알 길이 없지만 이것만큼은 확신할 수 있었다. 그 답은 분명 눈이 부시도록 근사하리라.

"응원합니다."

나는 걸음을 잠시 멈추고 검푸른 하늘 아래 빛을 산란하고 있는 건물을 향해서 읊조렸다.

E사는 사실상 나의 첫 번째 직장이었다. 처음으로 팀의 일원으로 인정받은 회사이며, 정규직으로서 그간 접하지 못한 업무를 제대로 경험한 곳이었다. 아마 나는 E사에서 있었던 일들을 잊지 못할 것이다. 시간이 흐르고, 20대가 아니게 되고, 모든 기억이 퇴화해 때 묻은 추억으로 전락할지라도 나는 이 두 가지 일만큼은 계속해서 기억할 테다. 석 팀장님이 내게 해 줬던 진심 어린 말과 온이 눈물을 흘리며 내 행복을 빌어 주던 순간 말이다. 그건 굳건히 나의 자부이자 원동력으로 남을 것이다.

E사 퇴사로 깨달은 건 여러 가지지만 하나만 말하려고

한다. 나는 생각보다 광고 일을 꽤 잘했고 또 좋아했던 사람
이다.

굿바이, 멋진 사람들!

주변 식당 ★★★

주변에 식당이 여럿 있긴 했는데 내 입맛에 맞는 곳을 찾기 어려웠다. 그래도 E사 재직 중 맛있고 호사스러운 음식을 많이 접했다. 곧잘 팀원들과 함께 멀리 나가 맛집을 탐방하고 다닌 덕분이었다.

시설 ★★★

좋지도 나쁘지도 않은, 무난한 편이었다. E사가 큰 회사가 아니다 보니 화장실이며 회의실이며 휴게실이며 대체로 공간이 좁고 그 개수도 적었다. 방음 또한 좋지 못해 듣고 싶지 않고, 들어서도 안 되는 소리가 들리곤 했다. 그렇지만 화장실 수도가 얼거나 사무실의 온·냉방이 안 되거나 하는 경우는 없었다.

복지 ★

E사에도 명절 보너스, 생일 보너스 등 좋은 복지가 있긴 했다. 하지만 야근이 점수를 다 깎아 먹었다.

장비 ★★★★

컴퓨터뿐만 아니라 여분의 모니터까지 제공해 줘서 편안하게 업무를 볼 수 있었다. 보통 나는 한쪽의 모니터 화면에는 레퍼런스 이미지를, 나머지 한쪽의 화면에는 디자인 프로그램 창을 띄워 두고서 작업했다.

사내 분위기 ★★★★

일이 힘들었지만 '온'과 '강' 같은 좋은 동료들이 있어서 나는 좀 더 E사 생활을 버틸 수 있었다. 그들에게 감사할 따름이다.

6.
그리고…… 삶은 계속된다

플랫폼 기업 F사 입사와 퇴사,
그리고 자회사 G사 입사

뜻밖의 여섯 번째 퇴사지만, 그래도 괜찮아

예전부터 플랫폼 기업 F사에 대한 이미지가 좋았다. 속한 산업군도 그러하고, 채용 홈페이지에 명시된 회사에 관한 내용도 마음에 들었다. 어쩐지 나와 잘 맞을 것 같았다. 그래서 지원했고 입사했다.

E사에서 퇴사하고 직접 F사에 다녀 보고 깨달았다. F사는 내 기대 이상으로 훨씬 좋은 회사라는 걸. 새로 들어간 회사는 어떠냐는 주위 사람의 질문에 나는 다소 재미없게 답할 수밖에 없었다.

"F사 어때?"

"음, 좋아."

"뭐가?"

"다."

"응?"

"그냥 다 좋아."

사내 문화, 근무 환경, 담당한 업무 내용 등 딱히 불만족스러운 부분이 없었다. 당연히, F사에서도 눈코 뜰 새 없이 바

232

쁜 순간이 있었고, 야근을 종종 하기도 했다. 하지만 그건 정말 '종종'이었다. 내가 수용할 수 있는 범위 내에 속했다. 나는 더할 나위 없이 크게 만족하며 F사에 다녔다.

저녁 있는 삶으로 돌아가게 되어 나는 안 하던 운동을 새로 시작했다. 동네 헬스클럽에 6개월 치를 한꺼번에 끊었다. 창대한 시작이었지만 그 과정은 미약했다. 나는 아주 간단한 운동 과정도 제대로 못 따라갔다. 아주 가벼운 기구도 들지 못했다. 헬스클럽에 온 지 고작 20분 만에 지쳐 나가떨어지는 내 모습을 지켜보던 트레이너님이 조심스럽게 물어보았다.

"혹시 몸이 아픈 거예요? 어디 오래 입원했어요?"

영 힘을 못 쓰니 이게 정상인의 체력일 리 없다고 생각했던 모양이다. 나는 민망하게 웃으며 고개를 저었다. 아프긴요. 그냥 제가 체력 거지랍니다.

운동만 시작하지 않았다. 계약한 작품이자 그간 미루고 있던 웹소설 집필도 오랜만에 다시 시작했다. 광고대행사 E사에 있는 동안 전혀 쓰지 않았더니 감 잡기가 어려웠다. 예전만큼 글 쓰는 속도가 나지 않았다. 어느 날은 1,000자만 썼고, 어느 날엔 1,000자는커녕 100자도 못 썼으며, 또 어느 날은 홀린 듯 여러 편을 한꺼번에 몰아 쓰다가 문득 마음에 안 들어 전부 지워 버리곤 했다. 그런 날이 계속 이어졌다. 초짜 작가인 주제에 슬럼프에 빠진 것이다. 그래도 퇴근 후에 매번 컴퓨터 앞에 앉았고 타자 위에 열 손가락을 얹어 꼼지락댔다. 느리게나마 글을 꾸준히 쓰려고 노력했다. 언젠가는 다시 신나게 타자하는 순간이 오리라 믿으면서 말이다.

무탈한 하루하루를 보내던 중 F사에서 대대적인 개편이 일어났다. 다음 달부터 내가 소속되어 있는 사업 부문을 F사에서 분리하여 하나의 회사로 독립시킨다는 개편이었다. 다시 말해 내 소속이 F사가 아닌, F사의 자회사가 되어 버리는 것이다.

기업 분사* 건은 입사 전 숙지하고 있던 사항이었다. 엠바고** 가 걸려 있어 2차 면접 때까지 모르고 있었지만, 엔젤 님이 3차 최종 면접을 보기 전에 미리 해당 정보를 알려 주었다. 그리고 내게 물어보았다. 이런 상황에 처했는데도 계속 채용 전형에 임하겠느냐고. 당시 나는 괜찮다고 즉답했다.

하지만 이렇게나 빨리 분사할 줄은 몰랐다. 입사 첫날 받은 F사 웰컴 키트는 아직 다 쓰지도 못한 상태였다. F사 명함 또한 다 못 쓴 상태였다! 아까워 죽겠다. F사의 자회사가 될 내 소속 부서의 분위기는 어수선했다. 분사함에 따라 사무실을 이전할지 말지에 대한 논의부터 앞으로 어떤 것들이 변하게 되는지에 대한 공지까지 폭넓게 이야기가 오고 갔다.

이 소식을 들은 엄마는 펄쩍 뛰었다.

---

* 한 기업을 두 개의 기업 이상으로 나누는 걸 의미한다.
** 기사의 보도 시점 제한.

퇴사인듯 퇴사아닌
퇴사같은 나 ~ ♪

"아니, 벌써 분사라니? 그럼, 다음 달부터 F사가 아니게 된 거야?"

"그러게 말이에요. 벌써 아니게 됐어요."

웰컴 키트 구성품 중 하나인 후드 집업을 만지작거리며 서글프게 답했다. 나는 F사 로고가 박힌 이 옷이 참 마음에 든다. 도톰하고 때도 잘 안 타고 크기도 딱 적당하고. 심지어 살갗에 닿는 안쪽 면도 좋았다. 무척 부드러웠다.

"이 옷은 어쩌죠? 집에서라도 자주 입어야겠지?"

내가 실없는 고민을 늘어놓는 동안 엄마는 해결 방안을 진지하게 찾으려 들었다.

"F사에 새로 입사 지원하는 건 어때?"

"뭐?"

황당무계한 소리에 나는 즉각 응수했다.

"지금 나 F사 직원인데?"

그러자 엄마는 더 황당한 대안을 들고나왔다.

"분사 이후 F사 직원이 아니게 될 때 다시 지원하면 되지."

"현실성이 너무 떨어지는데요."

"뭐가? 너 지금은 F사 직원이잖아. 한 번 합격했는데, 두 번 합격하는 게 왜 안 되겠어?"

거듭 말하지만, 엄마는 진지했다.

"차라리 부서 이동 신청하는 게 더 현실성 있겠다."

"뭐? 너희 회사, 부서 이동할 수 있어?"

아차차. 농처럼 꺼낸 이야기였는데 엄마가 진담으로 받아들였다. "정말 가능해?" 재차 묻는 말에 곰곰이 생각했다. 가능하냐고? 음, 가능하기는 했다. 얼마 전 공고가 내려온 회사 규칙에 적혀 있으니까. 'F사 직원은 다른 부서로 이동을 희망할 시, 인사담당자에게 신청서를 제출하면 됩니다.'라고. 그리고 해당 규칙에는 예외 조항이 있었다. '단, F사 자회사 직원은 신청 불가함.'

내가 이 상세한 이야기를 전하자 엄마는 더욱 조급해했다. "그럼 분사하기 전에 얼른 신청해야겠네!"

나는 웃으며 넘겼다. 어째 다 말이 안 되는 대안뿐이었다. 입사한 지 얼마 안 된 직원이 부서 이동을 할 수 있을 리도 만무했고, 분사 건을 미리 알고 있었으면서 이제 와 F사 자회사로 들어가기 싫다고 고집을 피울 수도 없는 노릇이었다. 무엇보다 F사 본사에 남고 싶은 생각이 크게 없었다. 나는 내가 소속된 사업 분야가 좋았고 같은 부서 사람들도 좋았고 지금 하는 업무를 계속하고 싶었다. 엄마의 눈에는 내가 좀 답답해 보일 수는 있겠다. F사에 있다가 갑자기 규모가 확 줄어든 자회사에 들어가게 됐는데도 태평하니 말이다.

다음 달, 근로복지공단에서 문자가 왔다. F사 고용보험이 상실되었음을 알리는 문자였다. 그제야 내가 더는 F사 소속이 아님을 실감할 수 있었다. 그렇게 나는 타의로 여섯 번째 퇴사를 하게 됐다.

F사 근무 기간이 너무 짧은 바람에 여섯 번째 퇴사의 소감을 말하기가 뭣하지만, 그래도 퇴사는 퇴사이니 말해 보려고 한다. 이번 기회로 나는 기업 규모를 별로 중요하게 생각하는 사람이 아니라는 걸 깨달았다. 나는 불안감을 느끼지 않은 상태로 여섯 번째 퇴사와 일곱 번째 입사를 기껍게 맞이했다.

짧지만 굵은 경험

주변 식당 ★★★★★

F사 건물이 있는 곳은 유동 인구가 많은 번화가였다. 근방에 회사뿐 아니라 입시 학원, 학교 등이 있었다. 그래서인지 학생부터 직장인까지, 다양한 연령대를 겨냥한 식당이 많았다. 덕분에 여러 종류의 음식을 시켜 먹을 수 있었다.

시설 ★★★★

공간이 넓고 인테리어가 예쁘고 휴식 공간이 잘 조성되어 있었다. 입사 초기 나는 F사 건물 곳곳을 돌아다니며 사진을 찍어댔다.

복지 ★★★★★

그저 감격스럽다. 생전 접하지 못했던 복지가 이곳, F사에는 있었다. 도서 지원비, 자기 계발비, 운동 장려금 등이 있는데, 해당 혜택은 F사 본사 소속만 아니라 자회사 소속 직원도 똑같이 이용할 수 있다.

장비 ★★★★

최고였다. 새 태블릿까지 받았다.

사내 분위기 ★★★★

F사 본사 직원들과 안면을 별로 못 텄지만 대체로 성격들이 온화했고 함께 있으면 분위기가 부드러웠다. 같은 날 F사에 입사해서 OJT를 같이 들은 이가 몇 명 있었는데 그들과도 별로 친해지지 못했다. 부서가 달랐고, 내가 소속한 부서는 곧 분사했기에 접점이 생기려야 생길 수 없었다. 어쩔 수 없음을 알지만 좀 아쉬운 일이다.

그렇게 살아가면 된다

F사 자회사, G사 소속이 된 지 꽤 시간이 흘렀다. 무사히 수습 딱지를 떼었고 맡고 있던 프로젝트를 마무리 지었다. 이렇게 안정적으로 새로운 회사와 새로운 업무에 적응하는 건 처음이었다. 무리 없이 G사 생활에 녹아들어 편안했다.

'회사는 어차피 거기서 거기다.'라는 말이 있다. 예전에는 그 말에 전적으로 동의했다. 그리고 무슨 일이 있으면 체념의 근거로 적극 활용했다. 오늘도 야근하라고? 응, 어쩔 수 없지. 다른 회사도 이럴 테니까. 나보고 그런 쓸데없는 심부름까지 하라고? 응. 뭐, 어쩔 수 없지. 다른 회사도 이럴 테니까. 도돌이표처럼 이 문답을 맴돌았다.

하지만 지금은 생각이 다르다. 회사는 거기서 거기가 아니다. 나는 F사와 G사를 다니면서 자신과 맞는 회사라는 게 이 세상에 존재할 수 있다는 것을 깨달았다. 그래서인지 지인들에게 자꾸 자식 자랑하듯 G사의 장점을 설파하게 되었다.

어느 날, 한 친구가 내게 G사를 그만 좀 추천하라고 말했다. 그는 이 말도 덧붙였다.

"네가 G사 인사담당자야? 아님, 대표야?"

나도 모르게 '내가 좋으니 너도 다녀 보면 좋을 거야.'라는 태도를 고수했던 모양이다. 친구의 말을 듣고 난 후, G사에 대한 애정 표현을 조금 자제하기로 했다. 그러나 따로 노력을 기울이지 않아도 되었다. 시간이 좀 더 흐르고 나니 저절로 애사심이 줄어든 까닭이있다.

G사에 입사한 지 5개월을 채워갈 무렵이었다. 급격한 일정과 내 역량 이상의 업무가 주어진 상황이 동시에 겹쳤다. 그건 스트레스를 끊임없이 유발했다. 나는 억누르고자 노력하며 G사를 다녔으나 연속된 야근으로 인해 끝내 스트레스는 극에 달했다.

어느 늦은 오후, 내 사정을 잘 아는 '수'에게 전화를 걸었다. 연결되자마자 대뜸 G사에 대한 불만부터 꺼냈다.

"이건 내가 할 수 있는 업무가 아닌 것 같아요, 일정도 너무 촉박해요, 불필요한 업무 과정으로 인해 야근하는 것도 있어요……."

한참 G사에 단점을 쏟아내던 나는 홧김에 이런 말을 꺼냈다.

"아, 저 G사 때려치울 거예요!"

그러자 수화기 너머의 그녀가 쿡쿡 웃었다. 어안이 벙벙했다. 응? 내가 지금 얼마나 심각한데. 그녀는 내 상황을 전혀 심각하게 보지 않았다. 예상대로 수의 입에서 나온 말은 가

볕기가 그지없었다.

"G사 좋은 회사네. 축하해."

"…… 뭐가요? 방금 제 말 못 들었어요?"

같이 회사 욕해 달라고 투정을 부린 건데 이게 당최 무슨 반응인지 알 수 없었다. 수의 목소리에는 계속 웃음기가 담겨 있었다.

"너 어떤 회사에 들어가든 때려치운다고 말하는 거 알아? 대체로 입사한 지 한 달 안에 그 말이 나오던데."

"아."

그렇긴 했다. 긍정보다는 불만이 더 많은 성격이라 뭔 일만 터져도 습관처럼 퇴사할 거라며 동네방네 울부짖긴 했다.

"근데 G사에서는 거의 5개월 만에 그 말을 꺼내네? 이 정도면 오래 버텼다. 버텼어."

"그런가……."

"그만두겠다는 말이 바로 안 나온 게 어디야. G사가 너한테 잘 맞긴 하는가 보다."

역설적인 소리지만 곱씹을수록 공감이 갔다. 불만 많은 내가 5개월 멀쩡히 G사를 다닌 것만으로 용하다는 생각이 들었다. 수와 전화를 끊은 뒤 머리끝까지 오른 열은 식어갔다.

'역시 G사는 나와 딱 맞는 회사로군!'

그리고 푸시식 죽어 가던 애사심에 재차 불이 일어나는 계기가 되었다. 덕분에 나는 현재까지도 G사에 잘 다니고

있다.

일곱 번째 입사로 깨달은 건 이것이다. 내게 잘 맞는 회사란 입사한 지 5개월이 된 시점에 화가 나는 회사라는 것이다.

G사에 대해서만 아니라, 요즘의 일상에 관해서도 이야기해 보려고 한다. 한 문장으로 요약하자면 '안온하다'고 할 수 있다.

아, 운동만큼은 예외다. 헬스클럽 6개월 치를 끊었지만, 도중에 환불받았기 때문이다. 나는 예로부터 유구하게 운동을 싫어했다. 그 길고도 일관된 역사를 극복할 만큼 동네 헬스클럽은 재미있지 않았다. 그래서 포기했다. 대신 자전거를 새로 샀다. 이것도 얼마나 갈지 모르겠으나 어쨌든 요즘 종종 자전거를 타고 다닌다. 사실 운동이라기보다 동네 산책 혹은 맛집 투어에 좀 더 가깝기는 하다. 그래도 움직이는 것만으로 어디냐며, 자화자찬하며 살고 있다.

뇌하수체 종양은 나아지고 있다. 얼마 전, 대학병원 내분비내과를 갔다 왔는데 프로락틴 수치를 포함해 다른 수치들까지도 정상 범위 내에 속한다는 결과를 들을 수 있었다. 대학 교수님이 이대로 치료를 진행하면 괜찮을 거라 말했다. 근래 두통이 있어 걱정이 많던 차였는데 다행스러운 소식이었다. 나와 엄마는 진료실을 나가자마자 서로의 손을 맞대고 꺅꺅 소란을 피웠다. 우리 둘은 소녀처럼 기뻐했다.

글은 계속 쓰고 있다. 다만, 슬럼프를 완벽하게 극복하지는 못했다. Z 출판사와 계약을 맺은 작품을 정해진 기간 내에 완결하지 못한 것이다. 결국, 마감일을 6개월 뒤로 연기했다. 슬럼프를 잘 이겨내기 위해 요즘 여러 가지를 시도하고 있다.

첫 번째 시도는 작업용 인스타그램 계정을 새로 만든 것이다.

작업 인증용 계정 캡처

이 계정은 아무도 보지 않는다. 나 혼자 하는 것뿐이다. 그래도 꾸준히 타이머로 글 쓰는 시간을 측정하고, 인증하듯이 사진을 찍어 올린다. 이게 은근히 도움이 된다. 타이머를 사용하다 보니 내가 몇 시에 가장 효율적으로 글을 쓸 수 있는지를 알게 되었다. 나는 퇴근 후보다 출근 전이 더 잘 써지는 유형이었다. 그래서 요즘 일찍 자고 일찍 일어난다. 대체로 평일 아침 6시부터 9시까지, 컴퓨터 앞에 앉아 타자를 치곤 한다.

두 번째 시도로는 여러 종류의 글을 써 보고 있다.

처음에는 계약한 웹소설 작품만 써야겠다고 생각했고, 실제로도 그렇게 행동했다. 하지만 어느 순간 과부하가 걸렸다.

매일매일 똑같은 작품만 붙잡고 있자니 머리가 잘 안 돌아갔다. 솔직히 말해 지겹기도 했다. 그래서 글쓰기 학원에 다니거나 공저자로서 단편집을 몇 권 내거나 하며 하나에만 너무 매몰되지 않으려 노력하고 있다.

이 에세이도 그 노력의 일종이다.

장편 소설만이 아니라 장편 에세이도 써 보고 싶었다. 그러면 복잡한 머릿속이 한결 가벼워질 것 같았다. 게다가 나는 늘 지난 경험담을 바깥으로 끄집어내고 싶어 했다. 20대가 다 가기 전에 완성하고 싶다는, 이상한 신조를 지니고 있기도 했다.

그래서 컴퓨터 앞에 무작정 앉았다. 예전에 써 둔 내용을 가져와 정리하고, 텅 빈 부분은 새로이 채우고, 듬성듬성 조각난 부분은 이어 붙였다.

초안을 어느 정도 마무리한 날, 나는 기쁜 마음을 주체 못하고 이 사실을 두 사람에게 알렸다. 한 명은 엄마, 또 한 명은 내 절친한 친구였다. 나는 그들에게 선언하듯 말했다.

"나 일곱 개 회사에 다닌 경험담을 써 보려고!"

이에 재밌겠다는 반응이 무난히 나올 줄 알았다. 하지만 아니었다. 상상치 못한 반응을 만나게 됐다.

엄마는 이렇게 대꾸했다.

"엄마는 네 글 좋아하지. 좋아하긴 하는데…… 소재가 너무 평범하지 않아? 다른 사람들이 네 이야기에 관심을 가질까? 그냥 여러 회사 다닌 이야기잖아."

한편 친구는 이렇게 대꾸했다.

"이야, 그래. 잘 생각했어. 네 경험담이 미래에서는 역사서가 될 수 있다니까? 21세기 MZ세대는 이렇게 일을 했다. 뭐, 이런 느낌으로?"

두 사람의 반응을 확인한 후 나는 에세이를 쓰는 걸 멈췄다.

엄마의 말은 타당했다. 평범해도 너무 평범했다. 적어도 내가 작게라도 성공했더라면 이 이야기에 조금이라도 의미가 생길 것이다. 그래서 계약작인 소설을 출간한 후에 에세이를 다시 쓸까도 싶었다. 제목을 바꾸기 위해서였다. '6번의 퇴사와 7번의 입사'로 짓는 게 아니라 '나는 베스트셀러 작가가 되었다'라고 짓는 것이다.

어떤가? 후자의 경우가 훨씬 눈에 띄지 않는가? 막 이 글을 읽고 싶지 않은가?!

그런데 문제가 있었다. 내 소설이 출간되더라도 성공할 리가 없다는 것이다. 1%의 확률도, 아니 0.000001%의 확률도 없었다. 확신하건대 내 소설은 망할 것이다. 그리고 앞으로도, 어떤 작품을 내도 쭉 망할 것이다. 베스트셀러 작가가 되었다는 경험담을 영영 쓸 수 없다는 소리다. 나는 내 주제를

---

* 브런치북 스토리에 연재할 때의 제목.

알고 있다. 슬픈 현실이다.

친구가 했던 말도 짚고 가자면 그녀의 말은 전혀 타당하지 않았다. 내 경험담이 역사서가 될 만큼 웅장하지도, MZ세대를 대표할 만한 내용이 담겨 있지도 않기 때문이다. 이 글은 아슬아슬하게 20대에 걸친 어떤 인간이 제 이야기를 멋대로 지껄였을 뿐인 에세이다.

"아, 그렇지. 내건 역사가 되는 거지! 훗날 교과서에 실릴지도? 음하하!"

그러나 난 내 글의 형편없음을 들키고 싶지 않았다. 괜히 친구한테 호탕하게 말하고는 전화를 끊었다. 통화 직후 나는 양손에 깍지를 끼고 어지러운 머리를 한동안 짚었다.

두 사람 덕분에 나는 타인의 시선과 내 시선이 이렇게나 다르다는 걸 알게 됐다. 그래서 제삼자가 되어 내 경험담에 냉정하게 점수를 매겨 보기로 했다.

- 소재가 특별한가?
  1점. 흔하다.
- 교훈 혹은 정보가 들어있는가?
  0점. 아예 없다.
- 필력이 좋은가?
  -1점. 슬프게도 나쁘다. 이딴 게 작가를 꿈꾼다고? 싫을지도.

총합 0점이다. 이 점수면 차라리 안 쓰는 게 백배 나았다. 그나마 다행인 건 초안만 대충 휘갈겼단 것이다. 이제라도 쓰는 걸 그만두면 시간 낭비를 더 하지 않게 된다. 고민을 오래 했다. 지극히 평범한 바람에 아무도 읽지 않는다면, 내가 써야 하는 이유는 대체 뭘까?

독자가 없는 글은 무의미하다고, 그러니 쓸 이유는 없다는 생각을 거듭했다. 그럼에도 결국 쓰기로 했다. (보다시피 이렇게 책까지 내게 됐다.) 이 결정에 그럴듯한 이유는 없었다. 그저 난 쓰고 싶었다. 너무 단순한가?

그렇다고 해서 뭐 어떤가. 행복은 그리 먼 곳에 있지 않음을 나는 6번의 퇴사와 7번의 입사를 통해서 깨닫지 않았는가. 뭐든 내 마음을 따라가면 될 일이다. 그래, 그뿐이다. 그렇게 살아가면 된다.

에필로그
난 다시 준비됐다!

그간의 경험담을 통해 알게 된 것이 많다. 나는 겸업이 불가한 사람이고, 누군가의 이해가 용기로 이어짐을 느꼈으며, 잊고 지냈던 꿈을 찾았고, 그 꿈은 불가했던 겸업을 가능케 함을 알았으며, 그렇지만 적절한 균형점을 찾기란 어렵다는 걸 인지했고, 나는 광고업과 잘 맞지 않았지만, 그럼에도 애정했음을 문득 깨달았으며, 내가 좋은 회사라고 판단하는 기준이 다소 특이하다는 걸 눈치챘다.

다음에는 또 무엇을 알 수 있을까? 내가 어떤 걸 알게 될지 그로 인해 어떤 선택을 내리게 될지 기대된다. 그러면서도 한편 걱정도 든다. 부푼 기대만을 품고 살아가기에는 인생이 그리 호락호락하지 않다는 사실을 지나치게 잘 알기 때문이다.

지금 쓰고 있는 소설도 언젠가 끝이 날 것이고 지금 다니고 있는 G사도 언젠가 퇴사할 것이다. 그 과정에서, 그리고 그 후에 슬프고 화나고 안타까운 일이 무수히 많을 것이다. 어쩌면 또 바보 같은 선택을 할지도 모르겠다. 나만의 길을 가려고 했으나 자꾸만 엉뚱한 곳으로 갈지도 모른다. 나는 그곳에서 한참 서성이며 방황할 수도 있었다. 상상만 해도 진절머리가 난다. 아니, 이 표현은 다소 밋밋하다. 더욱 노골적으로 표현하자면 질리다 못해 한없이 끔찍할 따름이다. 하지만 애써 괜찮다고 벌써 자신을 위로하려 한다. 바보같이 굴어도 괜찮다고, 방향을 놓쳐 버려도 그 또한 괜찮다고.

나는 나의 20대를 생각하면서 발걸음을 돌릴 것이다. 어둠 속에 파묻힌 이정표를 찾아내고 잊고 있던 길을 떠올릴 것이다. 혹여 새로운 길은 없는지 주위를 두리번거리면서, 그렇게 고집스럽게 나의 행복을 향해 걸음을 뗄 것이다. 굼뜨더라도 비틀거려도 계속해서 나아가리라. 언제 그 순간이 도래할지 모르겠으나 새까만 허공을 떠올리며 섣부른 자신을 가져 본다. 난 다시 준비됐다고 말이다.